54 MINUTES

Marieke Nijkamp

Marieke Nijkamp est née aux Pays-Bas où elle vit toujours. Elle est diplômée de philosophie, d'histoire et d'études médiévales et se définit comme une rêveuse, une globe-trotter, une geek et une conteuse. *54 minutes* est son premier roman.

Marieke Nijkamp

Traduit par Valérie Drouet

L'édition originale de cet ouvrage a paru chez Sourcebooks Fire,
an imprint of Sourcebooks, Inc.,
sous le titre :

THIS IS WHERE IT ENDS

Copyright © 2016 by Marieke Nijkamp.

Tous droits réservés.
Published in agreement with the author, c/o BAROR INTERNATIONAL,
INC., Armonk, New York, U.S.A.

Les droits moraux de l'auteur ont été établis.
Les personnages et événements décrits dans cet ouvrage,
hors ceux qui appartiennent clairement au domaine public
sont fictifs, et toute ressemblance avec des personnes réelles,
existantes ou ayant existé, serait purement fortuite.

« *Le Code de la propriété intellectuelle et artistique n'autorisant,
aux termes des alinéas 2 et 3 de l'article L.122-5,
d'une part, que les "copies ou reproductions strictement réservées
à l'usage privé du copiste
et non destinées à une utilisation collective" et, d'autre part, que les analyses
et les courtes citations dans un but d'exemple et d'illustration,
"toute représentation ou reproduction intégrale, ou partielle,
faite sans le consentement de l'auteur ou de ses ayants droit
ou ayants cause, est illicite" (alinéa 1er de l'article L. 122-4).
Cette représentation ou reproduction, par quelque procédé que ce soit,
constituerait donc une contrefaçon sanctionnée par les articles 425
et suivants du Code pénal.* »

Traduit de l'anglais (États-Unis) par Valérie Drouet.

Cover image © Mark Watson (kalimistuk) / Getty Images.

© Hachette Livre, 2017, pour la traduction française.
© Librairie Générale Française, 2019, pour la présente édition.

À ma mère, avec amour.

CHAPITRE PREMIER

10 h 01 – 10 h 02

CLAIRE

Le pistolet de départ rompt le silence, libérant les coureurs de leurs starting-blocks.

La saison d'athlétisme commence dans deux semaines, mais visiblement, le coach Lindt n'a jamais entendu parler de l'hiver. Il est convaincu que le seul moyen de nous remettre en forme, c'est l'entraînement – même si ma respiration gèle devant moi.

Voici Opportunity, dans l'Alabama. Les gens sains d'esprit ne quittent pas leur maison quand tout est blanc dehors. Ils font des réserves de conserves, boivent du chocolat chaud jusqu'à sombrer dans un coma sucré et prient pour être sauvés du froid.

Cela dit, l'entraînement de début de saison du coach Lindt vaut toujours mieux que le long discours laborieux de début de semestre de la principale Trenton encourageant chez ses élèves vertu, travail acharné et comportement décent. Après presque trois années au lycée d'Opportunity, je peux réciter ses paroles par cœur ; c'est d'ailleurs exactement ce que j'ai fait pour Matt au petit déjeuner ce matin – responsabilité, opportunité (le jeu de mots n'est pas volontaire), et son préféré, la devise de l'école : *Nous façonnons l'Avenir*.

Ça semble prestigieux, mais à quelques mois de la remise des diplômes, je n'ai pas la moindre idée de ce que me réserve le futur. Si Opportunity m'a façonnée, je ne m'en suis pas rendu compte. Courir, je sais faire. Cette piste, je la connais. Un pas après l'autre, puis encore un. Peu importe ce qui arrive ensuite tant que je continue d'avancer.

Mon pied glisse, je trébuche.

Depuis son poste sur le terrain, le coach lâche un juron.

— Attention, Claire ! Un faux pas fait toute la différence entre succès et échec.

Je me redresse et me reconcentre.

Un rire familier colore le matin calme.

— Tu as gelé pendant les vacances, sergent ? Un escargot te rattraperait en deux secondes vu comment tu galères.

Sur la ligne droite, Chris m'emboîte le pas.

Je prends une grande inspiration avant de lui répondre :

— Oh, la ferme.

Mon meilleur ami rit de plus belle. Le rythme régulier de son souffle et de ses pieds qui battent la terre me pousse à trouver mon allure. Sa présence me calme, comme toujours. Avec son mètre quatre-vingt-dix-huit, ses cheveux dorés par le soleil et ses yeux bleus, Chris n'est pas seulement notre meilleur coureur, il est aussi l'athlète modèle d'Opportunity. Les jours où on doit porter notre uniforme, les filles de première année se pâment devant lui.

Avec Chris à mes côtés, mes foulées s'accélèrent. Les deux autres membres de l'équipe sont loin derrière nous, de l'autre côté du terrain. Chris et moi évoluons en synchronisation parfaite, même l'air nous fait place.

Rien ne peut nous atteindre. Ni la neige. Ni le temps.

……..

TOMÁS

Le temps est écoulé. La petite horloge sur la bibliothèque sonne dix heures de sa petite mélodie agaçante, et je parcours les onglets devant moi à vitesse supersonique. *Allez, allez, allez.*

Il a suffi d'un peu de Super Glue – stratégiquement aspergée sur les tiroirs du bureau de mon professeur d'espagnol préféré – M. Regardez-moi-me-pavaner-comme-un-quadra-en-crise – pour que Far et moi trouvions le chemin de l'administration. Mais il nous aura fallu nos deux cartes d'étudiant pour réussir à faire bouger la serrure de la porte de la principale Trenton. Et ça n'aura servi à rien si je n'arrive pas à trouver le dossier que je recherche. Je parcours des yeux les pochettes dans le classeur. Quand un coude s'enfonce dans mon flanc, je sursaute.

— Far ! Qu'est-ce que tu fous, bordel ?

Fareed lève les yeux au ciel et me signale de ne pas faire de bruit. *Il y a quelqu'un dans le couloir*, dit-il du bout des lèvres. Il retourne à la porte sur la pointe des pieds.

Merde.

Comment j'explique ça ? « Non m'dame. Je ne fais rien de spécial, j'ai juste forcé le tiroir des dossiers scolaires » ?

Qu'est-ce que ça peut faire ? Je suis sûr que, légalement, j'ai le droit de consulter mon propre dossier, donc je peux toujours me servir de ça comme excuse. Et si ces fichiers se révèlent être *par hasard* ceux des « Noms de famille, A-C » au lieu des « Noms de famille, M-N », ce n'est qu'une coïncidence. Personne ne sait quel fichier je recherche, à part Far. Et même lui ne sait pas tout.

Au pire, je peux toujours « trouver » Al-Sahar, Fareed pour me couvrir.

Mais quand même.

Une porte s'ouvre et se referme. Un verrou claque.

Des pas grincent sur le linoléum devant le bureau d'administration.

Des pas qui s'arrêtent devant notre porte.

Je referme doucement le tiroir. Mieux vaut ne pas m'attirer des ennuis – ou plutôt *plus* d'ennuis – si je suis pris la main dans le sac.

Far et moi retenons tous deux notre respiration.

Après ce qui semble une éternité, les pas poursuivent leur chemin. Qui que ce soit, il ne cherchait pas à nous avoir. Pas aujourd'hui.

....

AUTUMN

« ... tout dépend des décisions que vous prenez, aujourd'hui et chaque jour. Votre comportement a des répercussions non seulement sur vous, mais aussi sur vos parents, votre famille et votre école.

« Ici, à Opportunity, nous sommes fiers de façonner les docteurs, les avocats et les politiciens de demain. Et ce sont les choix que vous faites maintenant qui vont déterminer votre avenir. Vous devez vous demander comment devenir le meilleur possible. Ne vous demandez pas ce que votre école peut faire pour vous, mais ce que *vous* pouvez faire pour vous. »

Son microphone à la main, Trenton parcourt la foule des yeux comme pour mémoriser chaque visage. Tant d'élèves vont et viennent, ne laissant rien qu'une vague empreinte, des noms gravés sur les tables et des graffitis dans les toilettes, et pourtant elle nous connaît tous.

Tous nos espoirs. Toutes nos peines de cœur. Toutes nos nuits sans sommeil.

Ses yeux s'attardent sur moi, et mon cou me brûle. Je tends la main vers le siège à ma droite, mais il n'a pas bougé depuis le début de la réunion. Il reste vide.

À ma gauche, Sylv grogne.

— Après toutes ces années, on pourrait imaginer qu'elle viendrait avec un truc plus original.

— Tu n'as pas envie d'être la meilleure possible ?

Ces mots sont sortis avec plus de rudesse que je ne le souhaitais. Elle ronchonne. En vérité, Sylv a l'embarras du choix, côté universités. Elle intégrera à coup sûr n'importe quelle école de ses rêves. Et je devrais être heureuse pour elle. Je *suis* heureuse pour elle.

Mais pour moi, l'université est le seul moyen de quitter la misère, et papa ne va certainement pas me payer mon billet d'entrée. Pas pour étudier la danse. « Regarde ce qui est arrivé à ta mère », dira-t-il comme si je n'avais pas compté les jours, les heures, les minutes depuis l'accident de maman. « La danse lui a tout pris. Je ne laisserai pas ma fille se lancer dans cette entreprise. Pas si je peux l'empêcher. »

Du coup, c'est ce qu'il essaie de faire, chaque jour. Et maintenant que maman est partie, il n'y a plus personne pour l'arrêter. Ni de boire. Ni de me frapper. Il n'y a personne pour éviter à notre famille de se briser.

J'empoigne mon gobelet de café froissé, je saisis la sacoche en jean élimée sous mon siège et repousse la voix de Ty qui cherche à s'infiltrer dans ma tête. Mon frère me dirait que les paroles de la principale Trenton sont plus vraies que je ne le pense, que le monde est à portée de main et qu'il ne tient qu'à moi de faire en sorte que mon futur soit le meilleur possible.

J'ai déjà essayé et j'ai perdu. Désormais, je préfère fuir.

....

SYLV

Je m'enfonce dans mon siège et jette un œil à la place vide à côté d'Autumn. Il ne vient pas finalement. Il serait déjà arrivé. Il ne viendra pas et, même s'il venait, il m'aura oubliée. Je ne signifie rien. Pour lui, du moins.

Il ne viendra pas.

Le nœud dans mon estomac se dénoue et se détend à chaque tour et détour de mon esprit. Je pourrais demander à Autumn pour Tyler, mais elle est perdue dans ses souvenirs. Aujourd'hui, ça fait deux ans depuis l'accident. Elle refuse de partager son deuil avec moi – ou qui que ce soit. Même quand elle sourit, elle n'est plus la fille qu'elle était.

Et elle me manque.

Certains jours, quand elle pense que personne ne regarde, elle évolue sur le sol comme si elle volait. *La golondrina*, comme l'appelait *mamá*. L'hirondelle. Tout en grâce et en beauté. Quand Autumn danse, tous ses soucis disparaissent, et elle est radieuse.

Je souhaite qu'elle puisse danser pour toujours.

Madre de Dios, comme j'aimerais pouvoir la regarder danser pour toujours.

Au lieu de quoi, c'est un autre lundi. La vie continue. La présentation est terminée, et Autumn se tient droite comme un i. Je suis la seule à savoir qu'elle va s'envoler hors de sa cage et nous quitter dès que possible.

Pendant ce temps, j'ai mon examen d'histoire des États-Unis qui m'attend à la prochaine heure, et je n'ai même pas touché à mes livres. *Mamá* a eu une autre de ses mauvaises passes pendant les vacances. Nous étions censées nous rendre en ville ensemble samedi dernier, mais quand *abuelo* est arrivé avec la voiture, elle l'a à peine reconnu. Elle ne voulait pas quitter la maison. Elle ne comprenait pas où nous allions. Je suis restée avec elle pendant des heures à lui parler – *écoute, mamá* –, à lui raconter des histoires qui la liaient à notre famille. Elle a été désorientée pendant près d'une semaine, et je n'arrive pas à me défaire du sentiment que, chaque jour qui passe, elle s'éclipse comme la lumière des étoiles à l'aube.

Au moins, l'histoire me convient. Vous savez déjà si les choses vont bien se finir.

CJ Johnson
@CadetCJJ
Dormiiiiiiiir #LycéeOpportunity
10 h 01

Jay
@JEyck32
@CadetCJJ #JourDeNeige
10 h 01

CJ Johnson
@CadetCJJ
@JEyck32 On zappe l'AG pour dormir ?
>_> #JourDeGueuleDeBoisPlutôt
10 h 01

CJ Johnson
@CadetCJJ
@Claire_Morgan Je peux ordonner à un des premières années de m'apporter un café ?
10 h 02

CHAPITRE DEUX

10 h 02 – 10 h 04

TOMÁS

J'attrape le récipient sur le bureau et enfourne quelques bonbons à la menthe dans ma bouche. Far jette un coup d'œil au niveau de la porte. Quand il me dit que la voie est libre, je rouvre le tiroir. Je n'ai pas perdu beaucoup de travail. Seulement du temps.

La principale Trenton vit peut-être encore à l'ère prénumérique, mais c'est un vrai cyborg. Elle parle toujours jusqu'à dix heures pile, laissant cinq minutes pour les annonces avant la sonnerie. À la fin du rassemblement, les élèves doivent courir pour arriver à l'heure au troisième cours. Enfin, en théorie. Les professeurs et le reste du personnel sont aussi dans l'auditorium et ils ne courent pas.

Du coup, tout le monde pousse pour sortir puis se promène, flâne, file en douce pour s'en griller une et prendre l'air (ces deux choses ne sont pas incompatibles, merci bien). Après tout, même la nicotine et le goudron sentent meilleur que ce que ma sœur appelle l'odeur-torium, un mélange unique de testostérone, de sueur et de café brûlé.

Mais nous avons bien trop peu de temps.

— Je déteste la paperasse.

— Tu es hilarant.

Mes doigts parcourent son dossier, et je le sors du tiroir.

— Tu veux voir la lettre de recommandation que M. O'Brian a écrite pour ta demande d'admission à l'université ?

Il tend les mains, et je lui jette le dossier. Quelques feuilles voltigent avant que Far ne l'attrape.

— Barbare.

Je grogne.

— Désolé. Ou pas.

— J'ai l'air si jeune et innocent sur cette photo… songe Fareed, en regardant la page de garde.

Pour la plupart des élèves de notre classe, la photo utilisée par l'administration a été prise il y a trois ans, quand nous sommes entrés en seconde. Dans son cas, cependant…

— Elle a été prise l'année dernière !

— Comme tu m'as corrompu. Sans tes idées lumineuses, je serais le premier de la classe, jamais d'embrouille avec la loi, une cour de filles à mes pieds.

— Bien sûr, je réponds en sortant un nouveau dossier du classeur. L'espoir fait vivre.

Fareed fait un autre commentaire, mais je n'y prête pas attention. Un visage que je connais bien me regarde depuis la couverture.

Bingo.

Browne, Tyler. Cheveux blonds gominés, yeux clairs et un regard vide tellement familier. La seule fois où ses yeux n'étaient pas teintés de mépris, c'est quand je lui ai éclaté la tête contre un casier. Mes doigts brûlent de recommencer.

Est-ce que l'administration signale les poursuites criminelles dans les dossiers des étudiants ? Sûrement pas si les fichiers sont si faciles d'accès. Encore moins quand l'élève a quitté l'école à la fin de l'année précédente. Je ne sais même pas s'il a un casier judiciaire. D'après ses notes, c'était un élève moyen parfaitement honorable. Deux années à Opportunity, et Tyler avait validé toutes les matières.

Il avait uniquement échoué – de façon spectaculaire – en « humanité pour débutants ».

Le dernier message dans son dossier est pourtant clair. *Réinscription. Effective immédiatement.*

Sylvia m'en a parlé ce week-end. C'était la première fois qu'elle se confiait à moi depuis des mois. Elle semblait sur le point de vomir ses tripes, elle avait tellement peur, mais elle a refusé de me dire pourquoi. Me voilà donc à consulter les dossiers scolaires par effraction. Pour m'assurer qu'elle est en sécurité. Privilège de jumeau.

Par contre, hors de question de l'admettre ou de montrer que j'en ai quelque chose à faire. Réputation de jumeau.

Je m'appuie contre le bureau de la principale et je lis.

Date de naissance, adresse – sans intérêt. Informations pour contacter son père en cas d'urgence, mère décédée. Dernière école, date d'inscription – rien que je ne sache déjà. Classe actuelle : non concerné. Pour le moment.

Résultats au test d'entrée dans l'enseignement supérieur 2 140/2 400.

Hein ? Un génie caché ?

Ça explique peut-être pourquoi, malgré ses provocations, Tyler n'a jamais mis aucune de ses menaces à exécution. C'est peut-être un minable, mais du genre intelligent : il est inoffensif.

....

AUTUMN

Mon dos me fait mal. Je roule les épaules pour détendre les muscles noués. Sylv traîne au lieu de rejoindre le reste de sa classe. Elle fait craquer ses articulations d'un coup sec.

— Tu vas bien ?

J'hésite à lui répondre.

Cette nuit, je me suis réveillée trempée de sueur, attendant qu'on vienne m'annoncer la nouvelle, comme il y a deux ans. Mais, ce matin, c'était un petit déjeuner comme les autres. Ty était introuvable, et, après ce week-end, je m'en fichais. *Je crois.* Papa n'avait pas pris la peine de se lever. Il a commencé à boire la nuit dernière. Ces temps-ci, il n'essaie même plus de le cacher. Quand maman était encore en vie, il ne buvait que quand elle s'absentait et uniquement durant ses heures les plus sombres. Il savait encore sourire à l'époque et il pouvait nous faire rire, Ty et moi.

Désormais, il en veut à la Terre entière, à tout ce qui lui rappelle maman.

À moi.

J'ignore comment mettre des mots là-dessus. *Je ne vais pas bien. Ça fait longtemps que ça ne va pas. Ce n'est pas seulement à cause de la mort de maman. Papa… j'ai peur parfois.*

Et Ty… *J'ai peur de le perdre aussi.*

Mais Sylv et Ty se détestent. Par où commencer pour lui faire comprendre ?

Elle pose sa main sur mon bras, puis elle se rappelle où nous sommes et replace nerveusement une longue boucle noire derrière ses oreilles. Son haut bleu clair est coordonné avec son eye-liner, qui fait pétiller ses yeux. À Opportunity, où nous sommes si nombreux à préférer rester cachés, elle est le projecteur le plus lumineux sur la scène la plus sombre. Elle me regarde, pleine d'espoir.

— C'est compréhensible, tu sais. Les anniversaires peuvent être difficiles. Tu as le droit d'être triste. Personne ne va te juger, surtout pas moi.

Je hoche la tête, mais les mots ne se forment toujours pas. Les voix déclinent et s'écoulent autour de nous alors que les élèves remontent les allées bondées entre les quatre blocs de sièges. Les yeux de Sylv balaient l'autre bout de l'auditorium, où des joueurs de football deviennent bruyants.

Je hausse les épaules.

— Ça va. Je vais bien.

Elle ne comprendrait pas.

Je compte les minutes jusqu'à la fin des cours, quand la salle de musique derrière cette scène sera obscure et déserte. Dans l'ombre, je serai seule.

Je serai en sécurité.

Sylv ouvre la bouche comme pour ajouter quelque chose, mais avant d'y arriver, une fille de sa classe apparaît au niveau de son épaule – Asha, je crois. Elle avait l'habitude de se prendre la tête avec mon frère avant qu'il ne quitte l'école. Je ne peux pas – je ne veux pas rester en contact avec eux. Ils vont finir par me lier à cet endroit, et ensuite ce sera trop dur.

Asha s'accroche à son livre d'histoire. Sous des mèches de cheveux arc-en-ciel, sa bouche dessine un demi-sourire étrange. Elle chuchote quelque chose. Sylv se tend avant de rire, sa voix s'impose par-dessus le brouhaha de la foule.

— Contrairement à l'opinion populaire, je n'ai pas hâte d'arriver aux examens de mi-semestre.

Asha lève les yeux au ciel.

— Toi, tu n'as pas de raison de t'inquiéter.

Sylv rougit, mais Asha n'a pas tort : Sylv n'a que des bonnes notes. Les professeurs l'adorent. Elle ne pourrait pas échouer à un examen même si elle essayait.

Quand Asha se tourne vers moi, je joue mon rôle. J'affiche un faux sourire figé.

— Pas d'examen d'histoire pour moi. J'avais mieux à faire que de réviser pendant les vacances.

— Béotienne, soupire Sylv. Comment fais-je pour te supporter ?

Parce que je suis tienne.

Les boutons du sac d'Asha tintent l'un contre l'autre. Elle écarte une mèche de cheveux violette de son visage.

— Pas de révisions ? La chance. Ils ont dû planifier nos examens de mi-semestre après les vacances pour garder les élèves de terminale au pas.

Heureusement que je ne suis pas en terminale. Avant que je puisse dire quoi que ce soit, Sylv me devance.

— Et qu'as-tu fait, *alors* ?

— Rien.

Autour de nous, le bourdonnement de voix s'amplifie, s'agite. C'est toujours la pagaille les premiers instants suivant un discours de Trenton, avec tout le monde qui se marche dessus pour tenter de sortir, mais là, c'est encore plus chaotique que d'habitude.

Un professeur se fraie un chemin. Sans doute pour comprendre ce qui bloque.

Asha sourit.

— De toutes les vacances ? Rien du tout ? Allez, accouche.

Les yeux de Sylv sont doux et interrogateurs, et je me mordille la lèvre. Je ne veux pas la laisser tomber.

— J'ai trouvé un vieil enregistrement de la première version du *Lac des cygnes* de ma mère, dans le grenier ce week-end. C'était son audition au Royal Ballet. Elle était à peine plus âgée que moi.

Ce n'est pas une information croustillante, je m'attends donc à ce qu'Asha soit déçue, mais elle se rapproche un peu.

— C'était bien ?

Je me surprends à sourire.

Asha n'est pas des nôtres. Elle ne vient pas d'Opportunity où tout le monde sait tout à propos de maman et moi. Le lycée d'Opportunity est un lycée de comté dont les élèves viennent des villages environnants. Asha ne fait pas partie de notre territoire de noms de rue familiers, d'églises et de secrets partagés.

À Opportunity, tout le monde sait que maman dansait à travers le monde avec les meilleures troupes : Londres, Moscou, New York. Elle a vu plus de pays que nous tous réunis. Elle me parlait de ses voyages et m'a donné la bougeotte. Les souvenirs d'elle ont beau faire mal, la regarder danser jamais.

— Elle était *fantastique*.

L'épaule de Sylv touche la mienne. Son sourire chaleureux est mon point d'ancrage. C'est comme si tout Opportunity disparaissait. Nous sommes perdues entre fonder un foyer et en fuir un autre. Il ne faudra pas longtemps avant que notre secret ne nous étouffe, avant qu'elle ne comprenne que je ne la mérite pas et qu'elle me quitte elle aussi.

……..

CLAIRE

Après un autre tour, l'air sec devient rafraîchissant, bien que je refuse de l'admettre devant le coach. L'hiver devrait s'en tenir à décembre, à Noël, et nous laisser tranquilles. Nous avons besoin d'un maximum d'heures pour nous préparer à la prochaine rencontre si nous voulons poursuivre notre série de victoires.

Mon entraînement pour le corps junior des officiers de réserve va également reprendre très bientôt. Ce n'est que la première année des plus jeunes cadets et ils ont encore besoin de trouver leur rythme. J'ai trop de choses en tête pour me soucier en plus du gel.

Je jette un regard en coin et j'aperçois Chris qui me sourit.

— Quoi ?
— Tu rumines.
— Pas du tout.

Il glousse.

— Comment se sont passées tes vacances ?

Nous posons la même question en même temps, et je ris.

— C'était étrange de ne pas avoir Trace à la maison pour l'anniversaire de Matt, même s'il est, je cite, un lycéen et un adulte, donc pourquoi se faire autant de souci ?

Mon petit frère essaie de ne pas montrer à quel point ses articulations souffrent par ce temps froid et combien notre sœur, loin dans un désert étranger, lui manque. Nous avons perdu notre dynamique, tous les trois.

— Nous avons fait un appel vidéo après ton départ.
— Comment se passe son affectation ?

Je marche sur des œufs.

— Ses patrouilles sont peu mouvementées. Comme je les aime.

Chris acquiesce. Son père, le lieutenant-colonel West, se prépare à partir en mission pour la septième fois. Nous savons tous deux ce que ça fait d'avoir une partie de son esprit à l'autre bout du monde, se demandant ce qui se passe dans le sable et la chaleur impitoyables. C'est pour la fierté de nos familles – et pour répondre à leurs attentes – que nous nous engageons.

Moi aussi, un jour, je partirai. Si seulement je pouvais être comme Tracy qui est tout ce que je rêve d'être, tout ce que je devrais être – courageuse, solide, sûre d'elle. Tout ce que je ne suis pas.

— Au moins, Matt n'a pas eu de fièvre, dis-je après avoir parcouru la moitié d'un tour.

C'était le point d'orgue de ces vacances d'hiver. Depuis que Matt a commencé à étudier à Opportunity, il va mieux. Le lupus affecte toujours ses articulations, et il a besoin de ses béquilles la plupart du temps. Mais il les a camouflées en sabres laser et prétend qu'elles servent au duel. Le Jedi contre le corps junior des officiers de réserve.

— Il aime avoir ses amis ici. Ça rend le début d'un nouveau semestre moins intimidant.

Pour nous tous, j'ajoute en silence. C'est bon de savoir que Matt n'est pas seul.

— Tu vas lui demander de rejoindre les cadets l'an prochain ? demande Chris. Pour conserver la tradition ?

— Bien sûr.

Cette conversation est un autre rythme familier auquel je me coordonne.

— Parfait. Il lui reste deux ans. Opportunity ne serait pas la même sans l'un de vous dans le corps junior.

— Tu as hâte de visiter West Point ? je demande après avoir pris le virage vers la longue ligne droite de la piste.

Chris hausse les épaules. La question de l'école militaire ne s'est même pas posée pour lui. Nous avons fait la fête quand il a reçu sa lettre d'engagement et sa nomination au Congrès. C'est tout ce dont il a toujours rêvé.

Mais à cet instant, lui aussi semble préoccupé. En ce premier jour de notre dernier semestre, toute la classe de terminale compte les semaines qui nous séparent de la remise des diplômes. Plus qu'une période de vacances. Plus qu'un été avant l'âge adulte. Avant notre rupture, Tyler me disait que le meilleur moment du lycée, c'était quand on en partait. Pourtant, j'aimerais que ça ne se termine pas encore. Ça va être difficile de dire adieu à notre équipe, à nos cadets, de se quitter. La vie sera plus terne sans voir Chris du matin au soir, tous les jours.

Aussi, nous courons. Pas seulement en rond autour de la piste. Nous courons vers tout ce qui nous attend. Nous courons ensemble, tant que nous le pouvons encore.

....

SYLV

Autumn s'attarde. Ses yeux bleu-gris sont tiraillés, mais ces rares moments où elle parle de sa mère sont comme l'aube, et quand elle s'ouvre, elle est le soleil. Je ne veux pas la voir blessée, mais c'est toujours mieux que de la regarder ériger un mur autour d'elle.

Ma main s'agite sur le côté, brûlant de prendre la sienne. Mais je ne bouge pas, pour ne pas l'effrayer.

— Elle dansait *La Mort du cygne*, ce qui semble ironique à présent. Elle était jeune, insouciante et tellement... tellement fragile. Ce n'est pas ainsi que je me souviens d'elle. Elle me semblait toujours si forte.

Seulement quelques années après l'audition, Joni Browne est devenue danseuse étoile au Royal Ballet. Elle était indomptable, comme Autumn quand elles étaient ensemble.

Autour de nous, les gens râlent et se demandent pourquoi nous mettons tant de temps à sortir, mais j'ai envie de prolonger encore un peu l'intercours.

— Tu sais déjà ce que tu vas danser ? je souffle.

Asha ajoute avec entrain :

— Oh, toi aussi, tu es danseuse ! Tu passes déjà des auditions ?

Autumn me lance un regard noir. Elle ne parle que rarement de danse désormais.

Ne t'inquiète pas, dis-je sans parler. *Asha comprendra. Elle fait partie des gentils.*

Autumn s'entraîne dans la salle de musique depuis *des mois* – et j'ai envoyé ses dossiers de candidature. Son père la détestera peut-être, mais je serais une petite amie minable si je ne voyais pas à quel point ça compte pour elle. C'est sa chance de partir d'ici, et elle mérite d'être heureuse. Même si elle peut auditionner dans des écoles plus proches de chez elle ou attendre d'être en terminale, elle lorgne sur New York.

Autrefois, nous le faisions toutes les deux.

Je fourre la main dans ma poche, et mes doigts s'enroulent autour de la lettre d'acceptation que je trimbale depuis près de deux semaines.

— J'auditionne pour Juilliard, répond calmement Autumn. Mais j'hésite encore sur mon solo.

— Mon prof de piano dit toujours qu'il n'y a pas de musiques plus vraies que l'instinct, partage Asha.

Elle m'a dit vouloir parcourir le monde avant de faire une licence de musique, et je suis sûre qu'elle et Autumn pourraient être amies si seulement elles se connaissaient un peu mieux. Si seulement Autumn connaissait des tas de gens un peu mieux, elle ne serait peut-être pas tout le temps seule.

— Il dit que la musique doit avoir des battements de cœur et de la joie, des nuages orageux et des étoiles, tant qu'il y a *de l'émotion*. J'imagine que c'est vrai aussi pour la danse.

Autumn baisse sa garde et sourit au ralenti.

— J'ai pensé présenter une composition originale au lieu d'une chorégraphie. Avant – quand je prenais encore des cours – j'en parlais avec maman.

Elle ne me l'a jamais dit. On dirait qu'elles sont toutes les deux dans leur monde, où tout brille de possibilité créative. Et je me retrouve avec la morne Opportunity et rien de plus.

Je m'approche de l'allée.

— Voilà. Tu leur montres qui tu es, et ils ne peuvent pas dire non.

Autumn se retourne à moitié en souriant, envoyant des papillons dans mon ventre.

— Allumeuse.

Puis elle redevient sérieuse.

— Tu as eu des nouvelles de Brown ?

Un élève de seconde bute contre mon coude et je lâche la lettre.

— Non, pas encore.

Que puis-je lui dire ? Que j'ai le sésame qu'elle attend pour quitter la ville ? Que je ne sais même pas quoi en faire ? Avant que *mamá* tombe malade, j'aurais sauté sur l'occasion. Mais comment pourrais-je partir à présent ?

Autumn ne comprendrait pas.

Elle sourcille par compassion. Asha grimace.

Dans le rang en dessous du nôtre, un troupeau de filles de seconde ricane. Derrière elles, un garçon tourne désespérément les pages d'un livre de classe pendant qu'un de ses amis lève les yeux au ciel. Tout autour de nous, les gens discutent de leurs vacances, des profs, des examens.

Si quelqu'un veut comprendre Opportunity – la comprendre vraiment – ce moment entre le discours de la principale Trenton et le début des cours est le bon.

La semaine a commencé et il n'y a pas d'échappatoire, mais nous sommes ensemble.

Et bientôt – avec de la chance – nous pourrons respirer l'air frais.

Mais si tout le monde bouge, personne ne sort.

À : Sœurette
Je sais que tu es à l'entraînement mais ne t'inquiète pas trop, OK ? ☺ Ça me plaît d'être dans une vraie école. Et je suis bien plus fort que j'en ai l'air.

À : Sœurette
(P-S : le discours était identique. Tu aurais pu le faire et personne n'aurait vu la différence.)

CHAPITRE TROIS

10 h 04 – 10 h 05

AUTUMN

Asha voit en moi. Sylv ne comprend pas que la danse est plus qu'un rêve, plus qu'un choix de carrière – c'est mon oxygène. Asha le *comprend*.

J'aimerais en savoir plus sur elle, sur sa musique. Avant que je ne puisse l'interroger, nous arrivons dans l'allée.

La masse d'élèves m'entoure et se resserre à chaque pas. Des sacs à dos me percutent, des épaules se touchent. Je ne sais pas pourquoi personne ne quitte l'auditorium. Il y a trop de monde ici.

Mes doigts s'enroulent autour des amulettes sur mon bracelet, un chausson de danse et un masque vénitien fait main que maman avait rapporté d'Italie une année. La peinture verte sur le masque s'est estompée, et les bords sont usés, mais les formes familières m'apaisent et m'aident à trouver mon équilibre.

C'est fugace.

Asha hausse les épaules et me sourit.

— Bonne chance pour tes auditions, crie-t-elle, en se mêlant à la foule.

Elle s'en va.

Tout le monde finit par faire pareil.

Je recule d'un pas et j'attends que le flot de personnes diminue.

Je n'ai pas d'amis à part Sylv, pas de famille si ce n'est un frère qui a cessé d'être là pour moi et un père qui me méprise. Seule la danse me maintient en vie. Elle va me libérer. Et je ne peux rien laisser se mettre en travers de mon chemin.

....

CLAIRE

La piste s'ouvre devant nous. Après un tour supplémentaire, l'humeur de Chris s'améliore. Il a toujours réussi à faire ça – rejeter ses soucis comme un manteau d'hiver.

— Il est temps de courir. Amuse-toi bien, sergent.

Je lui lance un sourire narquois.

— Commandant.

Il me fait un clin d'œil et, comme s'il n'avait pas déjà couru un kilomètre, il prend la tête, me laissant fixer son dos. Évidemment, c'est un coureur de fond, il n'est donc même pas à la moitié de ses tours. Mais ça ne fait qu'accentuer ma lenteur ridicule aujourd'hui.

Ça doit changer immédiatement.

Quand je repasse devant le coach, je lui fais un petit signe de tête, et il appuie sur le bouton de son chronomètre. J'augmente la cadence.

Nous travaillons sur cette stratégie depuis la saison dernière – développer mon programme pour que je puisse conserver un rythme stable durant la majeure partie de la course et avoir encore suffisamment de ressources pour un sprint sur la moitié de la piste.

Tout disparaît autour de moi. Toute pensée à Matt et Tracy. La douleur brûlante dans mes mollets. Le souci lancinant de gérer les réunions d'entraînement et le corps junior des officiers de réserve. Mes trois coéquipiers, qui sont tous dans leur propre partie de la piste, travaillant sur leur record personnel.

Tout disparaît sauf le rythme de mes pieds et l'air froid sur mes joues.

Quand je cours, je peux enfin respirer.

Je franchis la ligne d'arrivée en sprint et je jette un coup d'œil pour voir le coach sourire.

Les gradins près de la piste sont couverts de brume blanche. Sur les marches près de la ligne d'arrivée, quelqu'un a gravé NOUS FAÇONNONS L'HISTOIRE dans le bois.

Un sourire s'étire sur mes lèvres. Ces trois mots sont la façon qu'a le coach Lindt de reprendre la devise de l'école. Ces discours de motivation façon *L'Enfer du dimanche*. Et ça marche, parce que nous avons *façonné* l'histoire et nous sommes en compétition dans le championnat d'État pour la septième année consécutive.

C'est mon équipe. C'est là qu'est ma place.

Ici et maintenant, nous sommes tout le monde.

....

TOMÁS

Comme le dossier ne me donne pas de réponses, je le refourre dans le tiroir que je claque pour faire bonne mesure. Inutile. Ridicule. Complètement débile. Tyler se réinscrit et ma sœur est terrifiée, mais je ne sais pas pourquoi. Il n'y a absolument rien que je puisse faire pour qu'elle se sente mieux.

— Et si on séchait le reste de la journée ?

Fareed est appuyé contre le cadre de la porte, un pied calé sur une chaise destinée aux visiteurs. Il utilise le bout de son dossier pour repousser une mèche de cheveux de son visage.

— Je déteste le lundi.

Je lâche le rôle de frère protecteur et reprends le déguisement d'élève le plus infâme du lycée d'Opportunity. Ça me va comme un gant trop usé.

— Mec, tout le monde déteste le lundi. C'est le pire. Mais je travaille sur mon image de caïd. Si je ne souffre pas avec vous, je vais ruiner ma réputation.

— Allez, avoue. T'as juste peur que Trenton le dise à ton grand-père. Qu'est-ce qu'il peut faire, au pire ? Te mettre une raclée parce que t'as séché ? Tu sais que le vieux s'en fiche.

Je m'étire.

— Je suppose.

Le truc, c'est que j'*ai* peur. Quand Fareed a emménagé ici, j'étais le *bad boy* préféré d'Opportunity. Personne ne me l'a vraiment dit, mais j'imagine qu'ils étaient tous forcément éblouis par mon talent.

Cette année, nous partageons cet honneur douteux, et seul Far sait que je dépasse les bornes en marchant sur des œufs. Il faut l'avouer, une journée sans heure de colle, c'est comme une journée sans soleil. Ou des arcs-en-ciel ou des chatons ou ce genre de conneries. Mais je fais mes devoirs.

Je maintiens des notes correctes, aussi choquant que ça puisse paraître. La principale Trenton et moi sommes arrivés à un accord : je n'enfreins pas trop les règles et je ne sèche pas les cours. Je ne me fais pas attraper en plein exploit comme consulter les dossiers scolaires sans autorisation – même pour ma sœur, même si elle vaut le coup. Je me comporte bien et Trenton n'appelle pas mon grand-père.

Pas que ça m'inquiète de le mettre en colère ou de le décevoir. Bordel, je le dépasse d'une bonne tête ; il n'est pas si intimidant.

J'ai peur qu'il le dise à *mamá*. Et je ne veux pas qu'elle se souvienne de moi comme ça.

....

SYLV

Ma main effleure le poignet d'Autumn alors que je remonte la rangée de sièges pour voir ce qui se passe à l'arrière de l'auditorium. Elle déteste qu'on se touche en public, mais ces derniers mois, c'est la seule à me faire tenir le coup. Elle est tellement décidée à quitter Opportunity que son départ va être un déchirement.

J'aimerais pouvoir partir, moi aussi. J'aimerais pouvoir rester.

Les élèves autour de moi sont immobiles, et le bourdonnement s'est mué en murmure de malaise. *Quelque chose cloche. Que se passe-t-il ? Fermées. Les portes sont fermées.*

Une pom-pom girl râle que ce n'est pas le moment de faire des blagues. À quelques sièges de là, un garçon de seconde rit nerveusement. Au bout de chaque allée, des élèves sont attroupés face aux portes battantes qui devraient normalement être grandes ouvertes mais qui ne bougent pas. Nous sommes enfermés.

La cloche sonne.

Une des portes s'ouvre sur ma gauche. Une lumière fluorescente s'infiltre autour d'un personnage seul. L'espace d'un instant, je crois que c'est mon frère jumeau, ayant trouvé un nouveau moyen de prouver qu'il est l'élève le moins intéressé et le moins intéressant d'Opportunity. C'est le genre de farce dont il est capable, nous enfermer. C'est une chose que j'ai déjà faite avec lui. Une fois.

Mais des boucles blondes dépassent de la casquette noire. Étrangement, c'est la première chose que je remarque – les cheveux blonds rebelles qui encadrent ce visage trop familier. Et avec viennent les souvenirs. Un large sourire. Une soif dangereuse. Les murmures nerveux autour de moi pourraient aussi bien émaner de mon esprit. *Pas maintenant. Pas aujourd'hui. Pas encore.*

Non, pitié.

Il me faut une seconde pour analyser son bras levé.

En haut des allées, tout le monde s'arrête et tous les yeux se tournent vers l'ombre dans l'encadrement de la porte. Le mot « pistolet » vole autour de moi, avant que la foule ne se taise, ne s'immobilise. Je ne ressens ni panique, ni choc. Juste un sentiment de défaite.

Ça y est.

— Principale Trenton, j'ai une question.

Le personnage pointe son arme vers elle, et son doigt se positionne sur la détente.

Puis il fait feu.

Les Aventures de Mei

Position actuelle : Chez moi

>> Opportunity semble être toujours la même. Un peu plus petite, comparée à Jinan et à chez mes grands-parents. Un peu plus grise, une fois que vous êtes allé à l'autre bout du monde.
Mais où que j'aille, c'est bon de revenir à la maison.
Maintenant, rattrapage d'emails, chocolat, et la journée peut commencer.

Commentaires : <0>

CHAPITRE QUATRE

10 h 05 – 10 h 07

TOMÁS

Une fois que j'ai replacé les dossiers dans le meuble, je prends un gobelet et je m'amuse avec, je le lance en l'air et je le rattrape. Je marche vers la porte et je l'entrouvre, je regarde à travers les portes vitrées du bureau d'administration.

Quand la cloche sonne, j'attends que les couloirs se remplissent. Le discours de Trenton doit être terminé et personne ne s'attarde dans l'auditorium plus que nécessaire.

Mais les couloirs restent vides, comme si nous étions les deux seules personnes dans le bâtiment.

Ce silence me donne la chair de poule.

— Far ?

Il lève les yeux alors qu'il revérifie ses résultats aux examens – pas comme s'ils allaient s'améliorer.

— Quoi ?

J'ouvre la bouche et la referme. Je lui dis quoi ? C'est trop calme ?

— Repose ton dossier. Il faut y aller avant le retour de Trenton.

Mec. *Naze.*

Je me glisse dans le bureau de l'administration où l'ordinateur de la secrétaire éclaire toujours en bleu, bloqué sur l'écran de veille. Une photo encadrée d'un chat se trouve à côté du clavier. Je lance le presse-papiers et le rattrape.

La répétition abrutissante est rassurante.

— Far, *allez*.

Où sont-ils tous ?

Lancer. Rattraper.

Lancer.

Deux détonations déchirent l'air. Le presse-papiers m'échappe des mains, se brisant au sol en mille morceaux.

— C'était quoi, ça ?

Fareed apparaît sur le pas de la porte, tenant toujours son dossier.

Je ne sais pas... Je ne peux pas...

— Putain, c'était quoi ?

Fareed repose sa question, plus fort. Il sait... nous savons tous les deux. Nous avons passé du temps à la chasse avec mon grand-père et ma sœur. Nous avons regardé des tonnes de films. Far a grandi dans une zone de guerre. Nous connaissons tous les deux le son d'un coup de feu.

C'est impossible.

— Nous devons nous barrer, dit Far. Avertir quelqu'un.

Malgré ses yeux possédés, sa voix est claire et stable. Il a l'air plus âgé.

J'acquiesce – avant que le silence autour de moi me frappe comme une masse. La seule raison pour laquelle les couloirs sont déserts, l'école est déserte... *Procédure de confinement.* Je secoue la tête.

— Non.

Non. Non. Non. Non, putain.

Tout le monde se trouve encore dans l'auditorium. Tout le monde, ma sœur comprise. Je dois la rejoindre.

Je ne peux pas la décevoir à nouveau.

……..

SYLV

Tyler est revenu. Tyler est revenu.
Tyler est revenu.
Le refrain martèle mon cerveau, au rythme des coups de feu dans l'auditorium. *Tyler est revenu.* Les mots me donnent envie de vomir ou de me cacher sous mon siège. Je suis figée par la terreur, comme il y a six mois.

Je ne sais pas quoi faire. Je ne sais pas où courir. Autumn et moi sommes dans une allée, quelques rangées en contrebas de l'endroit où se trouve Tyler. Trop haut pour détaler vers les ailes. Trop bas pour accéder aux portes.

Autour de nous, la pièce est gagnée par la panique. Des cris retentissent dans mes oreilles. Des professeurs près des portes tentent de rejoindre Tyler, mais il les abat méthodiquement comme toute personne s'approchant trop près. À chaque coup de feu, je tressaille. Nous ne sommes pas assez proches pour voir le visage des professeurs, et j'en suis presque reconnaissante. *Il leur a tiré dessus. Ah, Dios. Ça ne peut pas être vrai.*

Des élèves grimpent vers les autres portes, les poussent, mais personne ne part.

Tyler est revenu.

Des gens dévalent les rangées de sièges en appelant à l'aide. Deux élèves – un garçon et une fille, tous deux venant d'autres villages – sont étalés sur les chaises devant Tyler. Le garçon a toujours son sac à moitié sur l'épaule alors que son sang se mêle à celui de sa voisine.

Je ne peux pas bouger.

Je ne peux pas respirer.

La scène est un fouillis de personnes se rassemblant autour de la principale Trenton – des professeurs, sa secrétaire. M. Jameson, le professeur de littérature préféré de tous, s'accroupit près de la principale et essaie d'arrêter le flux sanguin, sauf qu'elle est touchée à la tête, et qu'il ne s'agit pas de sang mais de cervelle.

Derrière eux, divers membres du chœur d'Opportunity fuient vers les ailes, où se trouvent les vestiaires et le système de contrôle de l'éclairage. Mlle Smith, la vieille bibliothécaire, se faufile vers une des portes sur le côté de l'auditorium. Ou plutôt, elle marche doucement car on lui a posé une prothèse à la hanche l'an dernier. Le dos tourné à Tyler, elle semble sans peur.

Elle a soixante-treize ans. Sa fille cadette est à nouveau enceinte et l'aîné de ses petits-enfants a onze ans aujourd'hui. Elle vit dans la même maison, dans la même rue, depuis la nuit des temps.

Elle a apporté du pain frais à *mamá* hier, comme tous les dimanches. Elle m'a préparé du bouillon de poule quand tout le monde me croyait malade.

Non. Non. Non. Non.

Mes yeux reviennent sur Tyler. Sa couleur de cheveux est si proche de celle d'Autumn que ça me rend malade.

Souviens-toi de moi.

Je n'ai jamais pu l'oublier.

Il parcourt la foule du regard. Il reste près de la porte et tout le monde se presse loin de lui. Il tient le pistolet avec assurance. Tyler est trop déterminé, trop précis. Même *abuelo* n'aurait rien à lui apprendre.

Il dirige son arme vers la bibliothécaire. Tire.

Elle s'effondre à quelques pas de la porte.

De sa main libre, il repousse une mèche égarée sous sa casquette.

Autumn se place devant moi, comme si elle voulait me protéger, mais c'est à moi de la protéger.

Dios te salve, María… Les mots semblent étrangers sur ma langue. Je ne me rappelle pas la suite. Je tremble de tout mon long et je ne peux pas m'arrêter.

À côté de moi, une élève de seconde trébuche en bas de la rangée de sièges. Un des sportifs la soulève par les bras, mais il n'y a nulle part où aller. Elle hurle et tape du poing contre son torse. Il l'entoure de ses bras.

Autumn tourne la tête vers moi, mais tandis que sa bouche bouge, je ne l'entends pas.

Je ne vois que le sourire surpris de la principale Trenton se faisant tirer dessus et l'horreur des gens autour qui se sont précipités pour l'aider. J'entends des hoquets, des pleurs et des cris. Il y a la mort, il y a l'idée de mourir et du sang partout.

Tyler est revenu.

……..

CLAIRE

Le second coup de feu retentit à 10 h 05. Le coach fixe le pistolet de départ dans sa main, comme si le coup était parti sans qu'il s'en rende compte. Mais le son n'émanait pas de lui ; il provenait de l'intérieur de l'école.

Un nouveau tir. D'autres coups de feu. Mon cœur bat pour suivre leur rythme irrégulier.

Plus proche de l'école, Chris parcourt la dizaine de mètres qui le sépare de la double porte du gymnase avant que quiconque ne puisse réagir. Il fait cliqueter les poignées sans effet, donne des coups de pied dans la porte, et j'ignore si sa colère est de douleur ou de désespoir.

L'air froid s'infiltre à travers ma peau et me glace les os. Je n'arrive à penser qu'à une chose : si Chris se fait un claquage, ça va ruiner sa dernière saison avant même qu'elle ne commence. Notre saison. Notre équipe. Nous quatre. À part ça – tout ce qui pourrait donner du sens à ce que nous entendons – c'en est trop pour moi.

Pendant une seconde ou deux, tout est calme. Seule notre respiration embue l'air. Puis Esther se met à sangloter. Quand elle atteint la ligne d'arrivée, Avery passe un bras autour de ses épaules.

Nous attendons que quelqu'un prenne les choses en main. Nous tournons notre attention vers le coach, qui a sorti les clés du gymnase. Mais les portes ne bougent pas, parce qu'elles sont soit bloquées soit fermées de l'intérieur. Le coach est livide et silencieux.

Nous tournons notre attention vers Chris. Mais il me fixe, les yeux suppliants.

Je me fige. Je sais suivre les ordres – suivre les autres – mais Trace était toujours celle qui commandait, tant au corps junior des officiers de réserve qu'à la maison. Pourtant, elle m'a enseigné les manœuvres. *Allez, C, tu peux le faire.* Même Tyler m'a dit que je pouvais être bien plus.

Et si quelque chose se passe dans l'enceinte de l'école, Matt a besoin de moi.

Je prends une profonde inspiration pour faire redescendre la bile brûlante. Je me redresse et cours vers les autres, en tapotant mon legging par habitude, cherchant le téléphone que j'ai laissé dans mon casier.

— Nous devons appeler la police. Quelqu'un a son portable ?

Personne ne répond.

— Coach ?

Il est censé avoir un portable pour les urgences, mais il vit encore au siècle dernier – et personne ne s'en est jamais plaint. C'est Opportunity. Rien ne s'y passe.

— Où se trouvent les téléphones de secours les plus proches ? je demande.

Le coach grommelle :

— Il y en a un à l'entrée principale de l'école.

Le lycée d'Opportunity a été déplacé il y a cinq ans – après que l'école originelle a été envoyée au pays d'Oz par une tornade. Le nouveau bâtiment est à la pointe – des terrains de sport plus grands, des équipements sophistiqués, dans le trou du cul du monde. Je l'*aimais*. Je m'y sentais comme à la maison. Jusqu'à aujourd'hui.

— Il y a une cabine téléphonique à la station-service en bas de la rue, je me rappelle alors. Et nous pouvons trouver Jonah.

Regards vides.

— L'agent de sécurité.

Mes coéquipiers n'ont sans doute jamais pris la peine de retenir son nom ou passé des après-midi tranquilles dans sa voiture de patrouille.

— Il doit être sur le parking. Il a une radio, il pourra nous aider. Nous allons nous séparer en équipes. Coach, trouvez le téléphone de secours. Faites attention à vous. Tenez-vous éloigné de l'école.

Il approuve d'un signe de tête. Habituellement, c'est lui que nous suivons ou Chris, notre capitaine. Mais les plans du coach n'ont jamais franchi les limites de notre terrain d'entraînement. Il m'écoute, malgré le fait que ma voix tremble et se brise.

Je me tourne vers les filles. D'ordinaire, elles sont bavardes, mais pas là.

— Esther, Avery, vérifiez si l'une des issues de secours s'ouvre. Tenez-vous à l'écart des fenêtres. Si vous pouvez entrer, trouvez un téléphone. Sinon, volez une voiture. Je me fiche de ce que vous faites mais alertez tout le monde.

— Nous deux (je nous désigne, Chris et moi) nous allons rejoindre Jonah. S'il n'est pas à l'avant, nous allons courir à la station-service pour trouver de l'aide.

J'inspire rapidement.

— Nous ignorons ce qui se passe à l'intérieur, mais la situation a tout l'air d'une fusillade, il faut la traiter comme telle. Nous avons besoin des services d'urgence le plus vite possible.

Chris approuve de la tête.

— C'est un bon plan, dit-il.

Ces cinq mots suffisent à mettre tout le monde en branle. J'entends aussi sa promesse silencieuse. *Nous sommes solidaires. Toujours.* Il me suivra comme je le suivrai. C'est pourquoi nous avons besoin d'être proches.

Avery et Esther ramassent leur bouteille d'eau et se mettent à courir. Le coach les suit, médusé.

Chris me lance ma boisson énergétique, et j'en bois quelques gorgées avant de m'en débarrasser.

De nouveaux coups de feu fendent l'air glacial, et nous nous mettons à courir.

....

AUTUMN

Sylv hurle. Ses mains sont froides dans les miennes alors que je l'attire vers moi. Ses yeux vont rapidement de gauche à droite. À l'autre bout de l'allée, Asha a lâché ses livres. Elle a entouré sa taille de ses mains et, malgré toutes les couleurs qu'elle porte, elle se referme sur elle-même. Au tir suivant, elle recule.

Les élèves s'amassent pour fuir Tyler. Ils escaladent les sièges pour rejoindre le coin le plus éloigné de l'auditorium, où la foule est tout aussi dense.

Les portes donnant sur les couloirs sont fermées à clé. Celles derrière la scène mènent uniquement aux loges et à la salle de répétition.

Il n'y a pas d'issue.

En bas de la scène, les quelques malchanceux se cachent derrière leur siège ou tremblent dans les allées. Des professeurs et une poignée d'élèves traînent les blessés derrière des sièges pour les protéger. Les membres du chœur qui ont fait le chemin jusqu'aux loges n'ont pas réapparu, mais peu risqueraient de se mettre à découvert pour traverser la scène surélevée.

Pendant ce temps, Tyler se tient dans l'encadrement de la porte, protégé par les murs qui l'entourent et le pistolet dans ses mains. Il ne bouge pas. Il n'en a pas besoin – il a l'avantage. Il s'adosse. Il laisse la terreur nous gagner et abat quiconque s'approche de trop près.

Le tireur.

Deux mots à la sonorité amère et étrangère. *Mon frère.*

Je me mords l'intérieur des joues et me concentre sur la douleur. Ty prévoyait de finir la terminale. Il devait reprendre les cours aujourd'hui. Il devait rectifier le tir.

Mon frère, qui s'inquiétait de mes bleus quand papa ne pouvait plus contenir son chagrin. Qui m'aidait à danser en secret. Mes doigts entourent l'amulette de ballet. Même après tout ce qu'il a fait, il est mon foyer.

Un jour, il a attrapé la ceinture de papa à mains nues pour l'empêcher de me frapper. Après quoi, Tyler a raconté une histoire drôle et ébouriffé mes cheveux. Il est ma seule vraie famille.

Ça ne peut pas être lui.
Surtout pas aujourd'hui.
Je devrais me lever. Je devrais le raisonner.

Mais il a un pistolet et ses yeux brillent dangereusement. Sylv s'accroche à moi. Entre les sièges, je peux voir le corps d'une de nos camarades de classe. Son visage est masqué par un sac de livres et il y a des flaques de sang sur le sol.

J'arrive à dire :

— Nous devons bouger.

Ni Asha ni Sylv ne réagissent au départ. Après ce qui semble être une éternité, Asha approuve de la tête. Elle se penche pour ramasser ses livres, puis s'arrête, le regard dans le vide. Pas besoin de les traîner. Ils ne pourront pas la protéger.

Un cri étouffé tourbillonne depuis les rangées les plus basses de l'auditorium.

Prudemment, je me relève. Je tire sur la manche de Sylv. Elle ne semble pas l'avoir senti. Tant que le tumulte distrait Tyler, je veux en profiter.

— Allez. Nous devons partir.

Je lance un regard vers mon frère.

Dans l'allée adjacente qui mène à lui, je reconnais une fille menue avec un appareil dentaire et des lunettes trop grandes. Geraldine. Elle est en seconde. Je la connais uniquement parce qu'elle répète le chant dans la salle de musique. Ses mains forment des poings. Elle se balance d'avant en arrière, physiquement indécise, puis elle remonte l'allée en courant vers la porte.

Elle se lance d'un bond – un grand jeté – et je peux me voir danser comme elle. Elle bouge avec grâce.

La balle la cueille dans les airs.

Elle vacille et tombe. Un autre élève de seconde jaillit, peut-être pour tenter de l'aider, puis il s'arrête en dérapant au moment où Tyler tire à nouveau, sur l'horloge surplombant la scène, cette fois-ci.

Il sourit.

— Merci de rester où vous êtes.

Un silence terrifié s'abat sur l'auditorium. Désormais, nous sommes tous prisonniers.

CJ Johnson
@CadetCJJ
FUSILLADE. À L'AIDE #LycéeOpportunity
10 h 06

Alex
@AlexTwitte
@CadetCJJ Vraiment ? Il n'y a rien aux infos…
#LycéeOpportunity
10 h 06

George Johnson
@G_Johnson1
@CadetCJJ TOUT VA BIEN ? DIS-MOI QUE
ÇA VA.
10 h 06

George Johnson
@G_Johnson1
@CadetCJJ SÉRIEUX ? J'APPELLE LA POLICE.
10 h 07

Abby
@EncoreUneASmith
@CadetCJJ @G_Johnson1 Je suis en route #LycéeOpportunity
10 h 07

16 favoris 2 retweets

Anonyme
@OpportunisteQuiSEnnuie
@CadetCJJ Je sais que c'est CHIANT le lundi mais t'es malade. #Canular #LycéeOpportunity
10 h 07

15 retweets

George Johnson
@G_Johnson1
@EncoreUneASmith @CadetCJJ
PAS SÛR QUE CE SOIT SAGE. LAISSONS FAIRE LES PROFESSIONNELS.
10 h 07

Jay
@JEyck32
@CadetCJJ Que se passe-t-il ? #LycéeOpportunity
10 h 07

CHAPITRE CINQ

10 h 07 – 10 h 10

TOMÁS

La lumière du soleil filtre à travers la fenêtre. Les débris du presse-papiers en verre projettent des arcs-en-ciel sur les murs. Fareed marche à toutes jambes vers le bureau de la secrétaire. Il est désormais plus pâle que moi, et je ne peux même pas en rire.

Il ferme la porte du bureau de l'administration, nous coupant des couloirs, avant de prendre le téléphone pour composer le 911. Je tourne en rond dans la pièce, incapable de rester en place. Si ça ne tenait qu'à moi, je me rendrais directement à l'auditorium pour me convaincre que c'est une blague dont nous sommes les victimes – me convaincre que c'est un lundi matin comme les autres.

Seule la raison de Fareed me retient. Je n'ai jamais prétendu être le cerveau de cette collaboration. Je suis là pour les mauvaises idées et l'impulsivité.

Je tourne les talons et enfonce mon poing dans un des placards de fournitures. Le panneau épais vole en éclats sous l'impact, coupant mes jointures, mais la douleur ne m'offre aucun soulagement.

— Qu'est-ce que ce meuble t'a fait ? me demande Fareed.

À l'autre bout de la ligne, quelque chose clique et une voix étouffée passe à travers le combiné.

Je me fige.

— J'appelle du lycée d'Opportunity, dit Fareed après avoir donné nos noms. Nous avons entendu des coups de feu.

Il semble si calme. Le Fareed que je connais, qui a toujours son sourire taquin, a disparu. Je n'ai jamais vu ce Fareed. Il prend soin d'articuler, pour que son accent afghan ne soit pas trop prononcé. Dès que possible, ils vont le marquer comme suspect. Ça ne serait pas la première fois. Dès qu'une chose arrive dans cette école, il est interrogé, même s'il n'est absolument pas concerné. Je déteste ça. C'est tellement injuste – mais au moins ça me laisse du temps.

La voix grommelle un truc incompréhensible, et Fareed répond :

— Nous avons entendu plusieurs coups de feu. J'ignore si quelqu'un est blessé.

Il écoute pendant un moment.

Je me rapproche un peu, mais j'imagine les prochaines questions de l'opérateur. *Où êtes-vous ? Combien êtes-vous ?*

— Juste nous deux. Nous sommes dans le bureau de la principale. Le reste des élèves et des professeurs se trouve dans l'auditorium pour une réunion. Les tirs semblaient venir de là. Nous ne sommes pas allés à l'arrière de l'école. Non, nous n'allons pas le faire. Nous avons entendu des pas avant la fusillade mais rien de plus.

Pouvez-vous sortir ? C'est ce que je demanderais, mais la voix transmet d'autres informations. C'est presque rassurant à écouter. Le faible murmure dans la ligne téléphonique et les coups de feu occasionnels au loin sont les seuls sons audibles. Nous sommes en sécurité ici. Je pense.

— Oui, oui. Le bureau de la principale se trouve dans l'aile administrative. Dans la partie est du bâtiment. Au rez-de-chaussée. La place de parking de la principale se trouve de l'autre côté de la fenêtre. Elle est clairement indiquée.

Je souris sans joie. Avant, la place de parking de la principale se trouvait face à l'auditorium, avec le reste du corps enseignant, mais, un jour, mon frère aîné a tagué la voiture de Trenton en rose après qu'ils ont eu un, euh… désaccord éducationnel. Elle a changé sa place de parking pour pouvoir garder un œil sur sa nouvelle décapotable.

— Nous avons fermé la porte à clé. Nous n'avons pas vu ou entendu quelqu'un d'autre. Nous ignorons quelle est la situation dans le reste du bâtiment.

Coups de feu. Menaces. Morts.

— Nous pouvons sortir par la fenêtre au besoin.

Ça ne serait pas la première fois que nous sortirions en douce, mais jamais comme ça.

Je m'efforce d'écouter la réponse au téléphone. Je ne veux pas quitter ce bureau sans savoir ce qui m'attend dehors.

— Oui, je pense que c'est sûr. Si nous marchons vers le sud, nous serons hors de portée de l'auditorium.

Fareed me fixe tout en écoutant les instructions. Il hoche la tête, et j'imagine ce qui se dit. *Courez si possible. Cachez-vous au besoin. Éviter qu'on vous voie.* C'est la première chose que les instructeurs nous apprennent lors des exercices de confinement : mettez-vous à l'abri.

Mais ce qu'ils ont oublié de nous dire c'est que partir en courant et sauver sa peau est noble uniquement si vous n'abandonnez personne. Si je me trouvais dans l'auditorium, j'aimerais que quelqu'un vienne pour moi. J'aimerais qu'il y ait de l'espoir.

— Oui, nous allons ouvrir la fenêtre et attendre à l'extérieur. Vous avez besoin que je reste en ligne ?

Les mains de Fareed tremblent, et il me fait un signe de tête une fois de plus avant d'ajouter :

— Très bien. Nous attendrons à l'extérieur. Merci.

……..

SYLV

Tous les sons – tous les cris – s'évanouissent. Ma vision se brouille, comme si ma connexion au reste du monde avait été coupée. L'air est asséché. Ça fait mal de respirer.

Les murmures d'Autumn me sont adressés alors que ses mains tirent sur mon bras. J'ai envie de la toucher. *Serre-moi contre toi. Garde-moi en sécurité.* Je suis paralysée.

Mais la voix de Tyler me tourmente. Je ne peux pas – je ne *veux* pas – gérer ça. Pas ici. Pas maintenant. Jamais.

Toutes mes inquiétudes m'écrasent. Le regard vide de *mamá*. *Abuelo* qui lutte pour s'occuper d'elle tout en faisant tourner la ferme. Mes frères aînés me posant des questions auxquelles je ne peux répondre : Où seras-tu l'an prochain ? Que veux-tu faire ? Comment vas-tu ?

Quand je ferme les yeux, je vois seulement le visage des deux personnes qui comptent le plus pour moi – les deux personnes auxquelles je m'accroche et que je repousse. Mon bon à rien de frère parfait pour moi, qui a réussi à se faire envoyer dans le bureau de la principale à la première heure du premier jour du semestre. Il est dans le coin. J'espère. Je prie.

Et Autumn. Encore et toujours Autumn.

Tyler s'immisce entre nous, même si je ne pourrai jamais le leur dire. Tomás l'aurait réduit en bouillie pour moi, et ça aurait détruit le peu de famille qui reste à Autumn.

Les seules choses qui nous donnent du sens sont les histoires qui nous lient. Nous avons tous tant de secrets. Et je garde les miens farouchement. Avant que j'entre en première, et elle en seconde, Autumn m'a conduite à une grange abandonnée, seul vestige d'une ferme qui se tenait là autrefois, à l'orée de la ville. Nous nous retrouvions entre les champs de maïs chaque soir et partagions les ragots des voisins qui semblaient toujours tout savoir sur ce qui se passait à Opportunity.

L'été dernier, la vaste grange a commencé à lui faire office de studio. Cachées sous une couverture d'or sous l'air épais d'août, nous avions le temps pour nous. Durant la journée, elle était celle qu'elle voulait. Quand nous étions ensemble, elle me montrait ce que ça faisait de danser.

Un soir, les choses ont changé pour de bon.

Les plants de maïs semblaient en feu sous le soleil couchant et les hautes tiges tenaient les curieux à distance. Je travaillais sur mes dossiers d'inscription à l'université et j'observais les touffes de coton précoce flottant dans le vent, pendant qu'Autumn dansait. Je ne savais pas encore quelle matière je voulais étudier – je n'étais même pas sûre de vouloir aller à l'université. Pas tant que mamá *irait de plus en plus mal. Mais, pour Autumn, je remplissais les formulaires. Nous avions toujours prévu de partir ensemble.*

« *Tu crois que vos petites escapades nocturnes passent inaperçues ? Je pensais avoir été clair.* »

J'ai sursauté au son de cette voix, et quand j'ai vu à qui elle appartenait, mon sang n'a fait qu'un tour.

Je n'avais pas revu Tyler depuis le bal de promo, quand il m'a plaquée au mur et m'a dit que je dépravais Autumn. Il défendait farouchement sa sœur face à des menaces que le reste d'Opportunity ne voyait pas ou, dans le cas de leur père, ne voulait pas voir. Il n'avait confiance en personne. Ça le rendait imprévisible, dangereux, mieux valait le laisser tranquille.

« *Va-t'en, Tyler. — Tu n'es pas chez toi. Tu n'as pas à me dire de partir. — Dégage.* »

J'ai ramassé mes livres derrière l'arbre et je les ai fourrés dans mon sac à dos.

« *Ou rentre, si tu veux regarder Autumn danser.* »

Les coins de sa bouche se sont courbés en un lent sourire. Tyler est le portrait craché de sa sœur – ou plutôt l'inverse. Ils ont les mêmes cheveux couleur paille, ceux de Tyler au niveau des oreilles, ceux d'Autumn encore un peu plus longs à l'époque. Avec sa veste en daim et ses bottes cirées, il faisait plus âgé que ses dix-sept ans et il était beau, de façon un peu classique.

Son regard avide m'a fait reculer.

Je n'ai pas attendu sa réponse pour jeter mon sac sur l'épaule.

« *Dis à Autumn que je la verrai demain.* »

J'ai marché vers le bout du champ de coton, mais Tyler m'a suivie. Il n'était même pas discret. Il sifflait une mélodie joyeuse alors que ses pas écrasaient mon ombre et que son souffle chatouillait ma nuque.

« Je m'intéressais à sa danse. Avant que tu me l'enlèves.
— Je n'ai enlevé personne à qui que ce soit », ai-je répondu sèchement.

Il a parcouru mon bras avec son ongle.

« Ne me mens pas. Tu as dépravé ma sœur. »

Il a replacé ses mains sur mes épaules, ses pouces s'enfonçaient dans mon cou.

« Je ne sais pas de quoi tu parles », lui ai-je balancé en tentant de desserrer son emprise, mais il n'a fait que presser plus fort. J'ai reculé, griffé ses mains et espéré en vain qu'Autumn ait entendu sa voix, qu'elle vienne nous chercher. Peut-être qu'elle ne danserait pas toute la nuit. Peut-être qu'elle n'oublierait pas l'heure.

Elle le faisait toujours.

J'ai lâché mon sac et essayé de lui marcher sur le pied. Il me retenait par les bras. J'ai trébuché, m'écrasant contre la terre labourée.

Il a balayé mes pieds quand j'ai tenté de me relever.

« Cette chose entre toi et Autumn, c'est une maladie. Ce n'est pas naturel. Tu crois pouvoir faire irruption dans nos vies et voler ma famille. Tu as besoin d'une correction.
— Ta famille ? ai-je lancé en retour, le désespoir renforçant ma voix. Quand t'es-tu intéressé à Autumn pour la dernière fois ? Tu ne sais rien de ta famille. »

Quand j'ai tenté de me retourner, de ramper loin de lui, sa botte a trouvé mon estomac et je me suis pliée en deux.

Il m'a immobilisée, ses genoux sur mes bras et ses mains sur mon chemisier. Quand il s'est penché, son haleine était âcre.

« *Ils m'ont abandonné. Ils le font tous.* »

Son sourire a volé mon cri à pleins poumons. Son doigt a parcouru ma mâchoire. Je ne pouvais pas bouger.

« *La prochaine fois que ton frère essaie de se mettre en travers de mon chemin, je le tue. N'oublie pas.* »

Tyler planait au-dessus de moi, alors que le ciel virait au violet.

« *Et je vais m'assurer que tu te souviennes de moi.* »

Je ne pouvais pas courir. Je ne pouvais pas m'échapper malgré mes efforts. Je n'ai jamais arrêté de courir depuis.

« *Souviens-toi.* »

Et maintenant, il m'a trouvée.

....

CLAIRE

— Merci, dit Chris dès que nous sommes hors de portée du reste du groupe.

Ma respiration est peu profonde. Courir sur le béton fait trembler mes genoux.

Bien que je n'aie besoin d'aucune explication à l'hésitation de Chris, il m'en donne une.

— L'école a toujours été censée être un lieu sûr.

Il cherche ses mots.

— Je...

Je hoche la tête.

— Je sais.

Rien n'arrive jamais ici.

Des voitures remplissent le parking des élèves, même si la plupart d'entre nous prenons le bus pour venir à l'école. Le chemin pour arriver et partir du lycée d'Opportunity est une simple route à double sens. Derrière le terrain d'athlétisme, il y a un bois, mais devant l'école, les champs s'étendent à perte de vue. Quelque part, au loin, se trouve la civilisation. Ici, il n'y a que des champs plats et ouverts surplombés d'un ciel gris ardoise.

Deux voitures sont stationnées devant l'entrée du parking. L'une d'elles est le véhicule de patrouille de Jonah. La peinture blanche est tellement poussiéreuse, presque grise, et des égratignures traversent le bleu marine du logo de l'école. J'ai passé de nombreuses heures sur le siège avant, mes genoux appuyés contre le tableau de bord, mastiquant un des muffins au chocolat que Jonah avait apportés.

Nous nous sommes rencontrés l'an passé par hasard, quand j'ai raté le dernier bus après un appel de maman pour me dire que Matt avait été conduit d'urgence à l'hôpital. Jonah a eu la permission de me ramener en ville. Nous avons discuté tout le trajet, et ses anecdotes scandaleuses ont été le remontant dont j'avais besoin.

Quand je l'ai remercié quelques jours plus tard, nous avons parlé plus longuement. Il m'a dit qu'il n'était pas censé laisser des élèves entrer dans sa voiture, car ce serait vu comme déplacé. Mais il a souri avant de protester et il ne semblait pas particulièrement virulent. J'ai fini par l'avoir à l'usure.

Lorsque Matt est sorti de l'hôpital, il m'a donné une de ses figurines pour Jonah. Elle a trouvé une place de choix sur son tableau de bord, et moi un endroit où m'évader pour penser – loin de la santé précaire de Matt et de la mission de ma sœur, loin de Chris, loin de toutes attentes. Avec Jonah, nous ne faisions que discuter.

Je me sens plus en sécurité en sachant qu'il est proche. La plupart des élèves ignorent Jonah. Les parents lui reprochent son « intrusion » dans la vie privée de leurs enfants. Mais Jonah m'a dit un jour qu'il se fichait de ne pas être apprécié, tant qu'il pouvait accomplir son devoir. J'aimerais ressentir la même chose.

Je passe au trot, faisant le tour de la voiture. De l'extérieur, je peux voir qu'elle est vide. Un gobelet de la boulangerie du coin trône sur le tableau de bord.

— J ?

Une seconde voiture est garée n'importe comment à travers trois places de parking.

— Claire ? m'appelle Chris. N'est-ce pas... ?
— Si...

Ma voix s'atténue. Cette voiture, avant, je la connaissais aussi bien que celle de Jonah. Des conversations ont eu lieu ici aussi – suivies de choses bien moins convenables.

Ça fait un moment que je n'ai pas vu Ty, surtout depuis qu'il a quitté l'école, mais j'ai toujours su qu'il reviendrait. Son éducation a trop d'importance pour lui. Il est fier de suivre les règles même quand les autres ne le font pas, même si ces règles sont ridicules. Ça ne lui ressemble pas de laisser sa voiture ainsi, mais le capot brun boueux est ouvert.

— On dirait qu'il a eu une panne de moteur. Ils ont dû partir chercher de l'aide ou des câbles de pontage.

La peur se dissipe. *Ty est revenu. Nous sommes moins seuls.*

Malgré ce qui s'est passé, Ty fait partie des gentils. Rupture ou pas, il a toujours cru en moi. Il me sourit encore quand il me voit dans la boutique de son père. Il demande toujours des nouvelles de Matt.

S'il est à l'intérieur, il protégera mon frère. Et s'il est arrivé après le discours de Trenton, il saura nous aider.

Il doit nous aider.

Chris prend la tête, et, confortablement, je le devance.

— Mais pourquoi aucun d'eux n'est resté ici ? Pourquoi n'ont-ils pas pris la voiture de Jonah ? demande-t-il.

Chris tente d'ouvrir la porte passager, mais la voiture de Ty est fermée à clé.

— Est-ce que Jonah a une radio ?

J'ouvre la portière de sa voiture et je jette un œil. L'air froid se referme sur moi. Son émetteur-récepteur n'est pas là. Le câble à la base de la station est sectionné. Mon cœur bat à tout rompre.

— Chris ?

Je me retourne, mais Chris a le visage contre la vitre. Il est aussi blanc que le givre sur l'herbe.

— Claire, il y a des boîtes de munitions là-dedans.

— Quoi ?

Je marche vers lui et bute dans une chaussure. Je bute tout le temps dans les chaussures de mes coéquipiers sans le faire exprès à l'entraînement, du coup, je ne baisse pas les yeux, pas tout de suite.

— Il y a aussi des étuis à pistolet, ajoute Chris, en poursuivant l'inventaire.

Je regarde ce qui a failli me faire trébucher. Le temps passe en salves, accélérant à une vitesse impossible, crissant pour devenir douloureusement lent. Et là, il s'arrête entièrement.

Les bottes de Jonah – les pieds de Jonah – dépassent de sous la voiture.

Je m'accroupis, et quand mes doigts caressent ses chaussettes, ses chevilles sont encore chaudes. Je place ma main contre le béton et me penche pour regarder sous la voiture. Il y a du sang sur le sol.

À l'ombre du véhicule, Jonah est couché dans un angle anormal. Ses yeux vides me fixent.

J'étouffe un cri.

La voix de Chris tremble, quand il dit :

— Claire, je ne crois pas qu'il soit arrivé quelque chose à Tyler. Je pense que Tyler est ce qui nous arrive.

....

AUTUMN

La peur et la survie sont les deux faces d'une même pièce. Papa m'a appris ça. Ces deux dernières années, il l'a prouvé encore et encore et encore. La terreur est notre plus grande force, parce que nous avons peur uniquement quand nous avons quelque chose à perdre – nos vies, nos amours… notre dignité.

Ça fait si longtemps que je n'ai pas eu peur.

Mais maintenant, Ty est ici. Mon frère. Mon Tyler. Son sourire dément son pistolet, et nous sommes tous captivés. Bien que nous soyons à mille contre un, nous sommes impuissants.

Qu'en dirait papa ?

— Viens là.

J'attire Sylv à moi et je lui murmure des promesses à l'oreille. Ses yeux sont fous, et des larmes ruissellent sur son visage. Elle pleurniche des mots incompréhensibles, mais elle répond à mon contact. Sa respiration s'apaise – comme si son esprit se rendait en lieu sûr. Où que ce soit, j'espère qu'elle y reste.

— Suis-moi. Fais-moi confiance.

J'enroule mes doigts autour de son poignet et je tire doucement. Tout le monde connaît Ty. Me connaît. Nous devons bouger.

L'humeur dans l'auditorium change.

La danse apprend à lire les gens d'après la façon dont ils se tiennent, la manière dont leurs mains se serrent quand ils ont peur, les grands mouvements qu'ils font quand ils sont excités. D'un regard à la dérobée, les mouvements d'une personne peuvent révéler ses insécurités et ses aspirations, et les gestes impudents de peur, de bataille et de désespoir.

— Sylv.

Je la traîne à travers une série de sièges, vers le coin le plus éloigné de Ty, sans attendre qu'Asha parcoure le même chemin. Derrière la dernière rangée, nous ne pouvons toujours pas nous cacher. Les regards des gens qui nous entourent nous brûlent.

Les doigts de ma main libre pressent le chausson de danse plus profondément dans ma paume.

Ty s'avance et les portes se referment derrière lui. Comme si nous étions en vase clos, le silence dans l'auditorium s'intensifie. Le monde extérieur pourrait cesser d'exister sans que nous le remarquions.

Tyler sort un cadenas de sa poche et le lance au garçon aux cheveux couleur sable le plus proche de lui – un garçon maigrichon, qui le fait presque tomber.

— Sois gentil de fermer cette porte.

Le garçon tremble. Il fait un pas, avançant doucement, comme si le cadenas le ralentissait. Il hésite, et le coup de feu suivant transperce son épaule.

— MAINTENANT.

L'écho de la voix de Ty retentit dans l'auditorium.

— S'il te plaît.

Le garçon plaque son bras contre son corps. Il trébuche. Des élèves le fixent. *Nous* le fixons. Nous ne l'aidons pas. Nous ne nous battons pas. Je ne prends pas la parole. C'est l'instinct de survie.

Le garçon commence à s'effondrer, et une fille aux cheveux ternes s'approche pour le stabiliser. Je crois qu'elle s'appelle CJ. Elle est en seconde, elle aussi.

Elle jette un œil à Ty et au pistolet. Et Tyler fait un signe de tête, lui donnant gracieusement l'autorisation. La personne qui nous enferme n'a pas d'importance, j'imagine, tant que quelqu'un le fait.

CJ soutient le garçon alors qu'il glisse la chaîne avec le cadenas à travers les poignées de porte. Leurs mains se touchent au moment où le verrou se ferme.

Nous sommes pris au piège.

La clé chute sur le tapis pourpre. CJ se baisse pour la ramasser, par réflexe, puis elle se fige.

Ty fait un signe de son pistolet.

— Apporte-la-moi.

Elle regarde l'arme et n'hésite pas. Nous retenons tous notre souffle pour voir ce qui va lui arriver.

Rien.

Il tend la main, prend la clé, et autorise CJ à retourner auprès du garçon qu'elle aidait.

La voix de Ty emplit une fois de plus l'auditorium, son ton est décontracté comme s'il parlait du gel à la météo.

— Je n'ai aucun problème avec la plupart d'entre vous, j'aimerais donc autant que vous ne m'obligiez pas à gâcher mes balles.

Il est à l'aise avec notre peur. Il s'en nourrit. Ça, c'est de la préparation – le pistolet, les cadenas, la date, les morts. Il a soigneusement organisé son plan.

Mon frère a toujours eu le sens du spectacle.

Jay
@JEyck32
une fusillade WTF ? #LycéeOpportunity
10 h 07

Jay
@JEyck32
qqn peut me dire ce qui se passe au #LycéeOpportunity
10 h 08

Jay (@JEyck32) -> Kevin (@KeviiinDR)

Mec, il se passe quoi ? Réponds-moi en DM
10 h 08

CHAPITRE SIX

10 h 10 – 10 h 12

SYLV

Les souvenirs me submergent, et j'aimerais oublier comme *mamá*. Mais le présent n'est pas mieux.

Le silence dans l'auditorium est tendu, chargé. Sauf que ce n'est pas un silence. Tout autour de moi, il y a des sanglots étouffés, des prières et des injures, des amis essayant de se calmer les uns les autres : « Prends ma main », « Fais-moi confiance », « On va s'en sortir ».

Des gens murmurent dans leur téléphone : « À l'aide », « Je ne sais pas quoi faire », « Nous devons nous battre. Il faut le descendre ».

C'est un courant de peur sans fin, et Tyler se délecte de ce pouvoir. C'est le seul à ne pas se sentir perdu en cet instant.

Une pom-pom girl est assise en tailleur, entre deux rangées de chaises. Son sac sur les cuisses, elle joue avec un porte-clés qui y est attaché, alors que des larmes ruissellent le long de ses joues.

Ma main se glisse vers le téléphone dans mon sac. Pour la première fois depuis des mois, je veux entendre la voix de mon frère. Mais s'il ne décrochait pas – si Tyler l'avait trouvé – ça me tuerait.

Le garçon dans la rangée devant nous ne partage pas mon hésitation.

— Maman ? Non, non, je ne peux pas parler plus fort... Maman, écoute-moi... Il y a quelqu'un dans l'école.

Sa voix tremble.

— Non, avec un pistolet, je veux dire. Il y a quelqu'un avec un pistolet dans l'école.

Tyler *avec un pistolet*, je corrige dans ma tête. *Pas juste quelqu'un.* Tyler.

Il marche à grandes enjambées le long de l'allée, vers la scène, apparemment inconscient des élèves qui conspirent pour l'arrêter. Il regarde alentour, observant les visages. Tout le monde garde ses distances, ce qui lui donne l'avantage.

— Non, maman. *Maman.* Ce n'est pas *un de ces amis-là.* Tu m'entends ? Nous ne pouvons pas sortir. Nous sommes enfermés à l'intérieur. CJ va bien. J'ai cru qu'il allait lui tirer dessus. Elle est quelque part à l'autre bout de l'auditorium.

Sa voix se brise. Je tends le bras pour le pousser à se taire. Il va attirer l'attention. Il ne pourra pas aider sa CJ une fois mort.

— Maman, j'ai tellement peur.

Au milieu de l'allée, Tyler tire une balle dans le plafond.

— On ne vous a jamais dit qu'il était impoli d'être au téléphone quand quelqu'un vous parle ?

Il tourne les talons et ses yeux scrutent le fond de l'auditorium. Peu importe ce qui se tient entre nous, je suis convaincue que ses yeux trouvent les miens, comme toujours. Où que j'aille, peu importe à quelle distance je cours, je ne peux jamais me cacher de lui.

Un sourire étire ses lèvres avant qu'il ne recommence à marcher.

Le garçon devant moi pleurniche. Son téléphone glisse entre ses mains lâches, sous les sièges. La voix à l'autre bout s'évanouit.

....

CLAIRE

— Non.

Non, il doit y avoir un autre moyen d'expliquer pourquoi Jonah est mort sous la voiture de Ty. La sœur de Ty lui a emprunté sa voiture. Il y a eu un accident.

— Pas Ty. Ça ne peut pas être lui.

Pitié.

Chris s'agenouille et ferme les yeux de Jonah. Son regard est trouble. Il s'approche de moi, mais je recule.

— Claire...

— Non, c'est impossible. Je *connais* Ty.

— Tu en es sûre ? me demande Chris. Tous les indices montrent l'inverse.

— Tu ne me fais pas confiance ?

— Je ne *lui* fais pas confiance. Il n'a jamais été bon pour toi.

Ty est un sujet sensible entre nous. Il l'a toujours été, et tout en moi se rebelle – contre Chris, contre cette situation, contre mon bon sens.

— Tu n'as pas le droit d'en décider à ma place.

Chris s'avance vers moi.

— Il t'a menti.

Je ne peux pas accepter que ce soit le fait de Ty. Il a cru en moi quand personne d'autre ne le faisait. Il m'aimait. Il n'a peut-être pas toujours été lui-même, mais il ne m'a jamais menti.

— Oublie.

Je le rembarre. Nous n'avons pas de temps pour ça maintenant. Avec un peu de chance, le coach aura réussi à trouver un téléphone d'urgence, mais, si ce n'est pas le cas, nous devons agir.

— Il faut aller à la station-service. Nous devons trouver de l'aide.

— Nous pourrions prendre la voiture de Jonah, suggère Chris.

Je n'ai pas vérifié si les clés étaient toujours sur le contact, mais la pensée d'utiliser la voiture avec Jonah gisant – avec Jonah mort ? Je *ne peux pas*.

Je dois m'éloigner. Loin. Loin. Loin.

Le bruit de mes pas sur le béton crée un rythme apaisant. Et la route s'étend devant moi.

Un deux trois quatre. Un deux trois quatre. Je tiens le compte, comme le ferait le coach sur la piste.

Un deux trois quatre.

Un.

Deux.

Trois.

Quatre.

Chris m'emboîte le pas. Je me tends. Mais une fois l'allure donnée, mon esprit est libre de vagabonder.

« *Tu sais que tu n'as pas à suivre les traces de ta sœur, pas vrai ? Tu pourrais être plus – tellement plus. Opportunity ignore à quel point tu es précieuse. Opportunity ignore tout un tas de choses.* »

Ty caressait la paume de ma main. Appuyée contre son torse, j'écoutais les mots gronder à mon oreille.

« *Je ne laisserai pas l'armée me voler ma copine et la forcer à être ce qu'elle ne veut pas être. Tu as des rêves, tu devrais les suivre.* »

J'ai levé la tête vers lui. Le cercle noir autour de son œil, souvenir d'un autre combat de plus, montrait à quel point Opportunity se fichait de ses rêves. Je savais que ses cicatrices étaient plus profondes que ses bleus. Mais avec moi, il se sentait en sécurité – et moi de même.

Nous étions assis dans sa voiture à l'extérieur de l'enceinte de l'école et nous regardions la route déserte, cette même route que Chris et moi descendons en courant. Opportunity est une ville endormie. Certains jours, le seul trafic que connaissent ces rues est celui des voitures allant et venant au lycée. Même la station-service est à moitié à l'abandon et envahie par la végétation, avec des virevoltants et tout le tralala. Matt l'appelait souvent le quartier général caché d'un superhéros.

Ty m'avait promis d'emmener Matt ici après la fermeture, comme M. Browne possède la station-service et la quincaillerie dans la grand-rue. Il avait prévu de raconter des histoires de fantômes à mon frère et de lui donner tous les bonbons qu'il pourrait manger. Et Matt aurait adoré. Il admirait Ty autant que Ty aimait passer du temps avec lui.

Mais c'était avant le bal de promo, avant la rupture.

Ce jour-là, pourtant, Ty m'avait encore serrée dans ses bras. Nous étions inconscients du futur qui nous attendait.

« *Et quel est mon rêve ?* » *lui ai-je demandé.*

Trace et moi avions partagé le même rêve pendant tellement longtemps qu'il semblait ridicule de penser à un autre destin.

Il a resserré son étreinte autour de moi.

« *J'ai toujours pensé que tu devrais enseigner. Tu aimes être avec les gens de classe inférieure, et ils t'admirent.* »

Il s'est penché vers moi et a embrassé mon crâne.

« *En plus, ça te permettrait de rester plus près de moi. — Quelle insolence.* »

Je lui ai donné un coup dans les côtes.

« *Et toi, à quoi rêves-tu ? Reprendre la boutique de ton père ? — Peut-être. — Tu sais que tu pourrais aller n'importe où, être qui tu veux. — Je sais.* »

Il a fait une pause.

« *Je veux qu'on construise un foyer ensemble. — Ici, à Opportunity ? — Dans une des fermes abandonnées, en périphérie de la ville. Ce sera calme là-bas. Et protégé. Un endroit où nous serons tous les deux en sécurité.* »

J'ai souri tristement, ne voulant pas le priver de son rêve. Dans notre classe, presque tout le monde parlait de quitter Opportunity, mais même si Tyler n'était pas heureux ici, il ne l'a jamais fait. Parfois, c'était comme si lui et moi marchions sur la même route mais que nous allions chacun dans une autre direction.

« *Tu as pensé à tout, pas vrai ? — Oui. Et un jour, je le prouverai au monde. Et ils ne m'oublieront jamais.* »

La preuve de Ty au monde.

Et l'école est désormais son champ de bataille.

Non.

Mon pas chancelle à cette pensée. La peur me gagne et m'étrangle alors que la gravité me ralentit.

Des mains puissantes s'enroulent autour de mon coude et Chris me remet sur pied. Je suis à bout de souffle.

— Ne pense à rien. Ne ressens rien. Cours.

Les doigts de Chris se mêlent aux miens.

Je fais un signe de tête, me sentant infiniment petite. Si j'avais suffisamment d'air pour parler, je murmurerais une prière à quiconque pourrait l'entendre.

Après une vingtaine de foulées, ma respiration se stabilise, mais mon allure ralentit. Mes jambes brûlent. Après le double de la distance, je veux enlever ma main, mais la sienne serre la mienne. Je réponds à son contact. Nous n'arriverons peut-être pas à surmonter ça ensemble, mais nous ne pouvons certainement pas y faire face, seuls.

....

TOMÁS

Fareed retourne dans le bureau de la principale pour ouvrir les fenêtres. Je me faufile dans le couloir et vérifie les environs. Les longs couloirs sont déserts ; les portes du bureau du CPE et du personnel sont fermées à clé. Au-delà de l'aile administrative se trouvent les portes de la cour, vers la liberté et la sécurité. Le couloir principal mène plus loin dans le bâtiment, vers les salles de classe et l'auditorium.

La fusillade s'est arrêtée. Tout est silencieux, et ça me terrifie.

Nous ne pouvons pas partir.

Les conseils du coordinateur d'urgence sont les seuls que nous ayons, mais un étrange sentiment de calme m'envahit. À moins qu'il y ait un second tireur, tout le monde se trouve à l'autre bout de l'école, ce qui veut dire que, pour l'instant, nous avons le champ libre.

Fareed marche derrière moi.

— Tu deviens prévisible avec l'âge, commente-t-il.

Son accent naturel est de retour. Nous n'avons pas besoin de faire semblant quand nous sommes ensemble.

— Quelqu'un te dit de ne pas faire quelque chose, et bien sûr, tu veux le faire.

— Tu as ouvert la fenêtre, je contre.

— Les deux.

Je hoche la tête.

— Nous devrions aussi ouvrir les portes principales, dit Fareed.

— Nous ne pouvons pas partir.

Fareed ne répond pas immédiatement et j'hésite.

— Sylvia est dans l'auditorium. Je dois l'aider. Je ne peux pas rester assis à attendre. Pas encore.

Il m'attrape le bras et me force à le regarder. Pour l'élève de terminale le plus décharné de toute l'histoire d'Opportunity, Far est étonnamment fort – et étonnamment déterminé. Je n'avais jamais vu cet aspect de lui.

— Si personne n'est dans le coin, les portes de l'auditorium doivent être fermées à clé, et nous ne savons pas si le tireur est dedans ou dehors. Si tu as décidé d'y aller, nous ferions mieux de nous préparer.

Je hausse les sourcils.

— Neil, le gardien, dit-il. Nous pouvons récupérer des tournevis et des marteaux dans son bureau. J'imagine que tu es plus à l'aise avec des outils qu'avec la paperasse, non ?

Je place une main sur mon torse pour feindre le choc.

— Vous me blessez, mon cher ami. Des activités aussi prosaïques sont bien en deçà d'un homme de mon standing.

Dans n'importe quelle autre situation, Fareed aurait levé les yeux au ciel. Dans n'importe quelle autre situation, j'aurais souri face à son indignation. Aujourd'hui, toutes les blagues tombent à plat, malgré nos efforts. Je fourre les mains dans mes poches, tendu de partout.

— Bonne idée.
— Ouais.

Il imite mon geste et marche vers l'entrée sud.

Nous rasons les murs, marquant un temps d'arrêt à chaque angle. Quand le coup de feu suivant se fait entendre, l'écho est plus sourd.

Je tremble.

— Qui ferait un truc pareil ?

Fareed me fixe, le visage sinistre.

— On s'en inquiétera quand on aura trouvé comment gérer ça, dit-il doucement.

Il y a un côté stoïque chez lui mais aussi une profonde tristesse. A-t-il perdu des proches à cause de la guerre ? Je n'ai jamais pensé à le lui demander.

Une autre idée me traverse.

— Far, quand as-tu assisté à un discours de Trenton pour la dernière fois ? Si je me rappelle bien, Neil ne va pas à ces trucs. Il devrait pouvoir nous aider, en personne.

Fareed ne ralentit pas l'allure.

— Ouais, peut-être.

Nous prenons le dernier virage.

Le bureau du gardien est confortablement installé entre l'entrée latérale et le gymnase. À travers les vitres de la double porte, nous pouvons voir le ciel d'ardoise. Ça me donne envie d'être dehors, de respirer l'air frais. Mais les portes ont été bloquées avec de lourdes chaînes. Nous ne pouvons aller nulle part.

La porte du bureau du gardien est entrouverte.

……..

AUTUMN

— J'ai aimé cet endroit, autrefois. Le lycée d'Opportunity. Opportunity. Ça semble tellement plein d'espoir.

La rancœur de Ty me donne envie de rendre mon maigre petit déjeuner. Ce matin, j'ai été tellement soulagée de ne pas le voir, même si j'appréhendais de venir seule à l'école, aujourd'hui en particulier. Mais c'était mieux que d'affronter ses sautes d'humeur. Toute mon attention était portée sur le fait d'entrer tôt à Juilliard et de traverser le dernier semestre avant que Sylv et moi quittions Opportunity.

On dirait que j'ai fait ces projets il y a une éternité.

Je tire Sylv vers la porte la plus éloignée. Ce n'est pas facile d'évoluer parmi la foule d'élèves. J'hésite, partagée entre le désir de m'assurer qu'elle va bien et celui de m'assurer que nous pouvons courir au besoin. Il n'y aura pas de fuite possible si nous sommes prises dans la foule.

J'aimerais dégager une des longues boucles de Sylv de ses yeux, mais ses mains sont rivées aux miennes et je ne pense pas qu'elle soit prête à lâcher.

Je ne veux pas qu'elle lâche.

— Je voulais m'intégrer.

La voix de Ty s'élève et retombe au rythme d'une chansonnette. Il a le pistolet dans une main. L'autre repose sur sa ceinture où, par-dessus sa chemise et son pantalon, il porte des cartouches de munitions, peut-être même un autre pistolet.

— Au lieu de ça, j'ai tout perdu.

Papa me disait toujours : *Il a la grâce d'un chasseur, ce garçon, ainsi que les instincts et la vitesse qui vont avec.* Au fond, je ne pense pas que c'est ce qu'il avait en tête.

Les masses se divisent devant Ty. À chacun de ses pas, les élèves autour de lui se dispersent depuis l'allée vers les rangées de chaises, se poussant vers les côtés de la pièce – tout pour augmenter la distance entre eux et Tyler. Ensemble, nous pourrions être tellement forts, mais le pistolet a fait de nous des individus.

— Vous tous, avec vos vies parfaites. Vous savez ce que ça fait de perdre ? Ça vous intéresse ?

Quand il atteint le premier rang, Ty dévie de l'allée centrale et remonte les marches vers la scène. Ses yeux restent toujours à l'affût, scannant l'audience. Combien sommes-nous à lui avoir fait du mal ?

Depuis les ailes, M. Jameson et trois autres professeurs se glissent vers le côté de la scène où se trouve Tyler. Vont-ils tenter de l'encercler ? Je prends une profonde inspiration. Ils le sous-estiment. Tout le monde fait ça.

Les mains de notre professeur de littérature sont tachées du sang de la principale Trenton. J'ignore ce que veut Ty, mais s'ils tentent de l'arrêter, ça ne fera qu'empirer.

Soudain, Ty se concentre sur la poignée de personnes sur scène.

— Si vous coopérez, certains d'entre vous pourraient rentrer chez eux aujourd'hui. Tout ce que vous avez à faire, c'est écouter attentivement ce que je dis. Pas de cri, pas de course, pas de téléphone et certainement pas de tentatives de me désarmer. Aujourd'hui, vous allez tous écouter.

À : Sœurette
AIDE-MOI NOUS SOMMES PRISONNIERS

À : Sœurette
Claire j'ai trop peur. Il tire sur les gens.
Qu'est-ce que je fais. CLAIRE DÉCROCHE S'IL
TE PLAÎT

CHAPITRE SEPT

10 h 12 – 10 h 15

SYLV

Ville natale, famille, Dieu, pays : tel est le credo d'Opportunity. C'est prôné par le maire qui peut remonter sa lignée jusqu'à la guerre de Sécession et par les vieux fermiers, comme *abuelo*, qui s'attardent devant l'église pour parler des récoltes et de la météo. C'est ce qui fait la force de notre communauté, lui donne du sens. Même avec mon ticket de sortie, c'est chez moi et je ne veux pas partir.

La famille Browne faisait partie d'Opportunity depuis quelques générations, tout au plus. À la mort de Mme Browne, Ty a été furieux contre ceux qui tentaient de l'aider. Il refusait de manger la nourriture qu'on lui apportait, montrait les dents face à notre compassion. Pourtant, la ville lui a pardonné son chagrin. Jusqu'à ce que M. Browne noie sa peine dans l'alcool et Tyler la sienne dans la haine. Et après quelque temps, Opportunity a pris pour elle le repli et les attaques. La ville a cessé d'essayer de les ramener dans son giron.

Et nous les avons perdus.

À présent, les yeux d'Autumn sont rivés sur Tyler. Elle est pâle, mais son regard est farouche. Elle est tellement plus forte que ce à quoi les gens s'attendent. Elle n'a pas peur. Pas comme moi depuis des mois.

L'unique fois où elle a vu le même Tyler que moi, c'est quand nous avons passé la première nuit d'été ensemble, quand je lui ai dit que Tyler avait appris pour nous au bal de promo.

« Tu crois que Ty nous déteste ? m'a-t-elle demandé.
— Jamais. Il ne pourrait pas te haïr. »

Elle a cueilli un pissenlit au hasard. Ses traits étaient tirés.

« Il est tellement en colère. Il a l'air de ne se soucier de rien ces derniers temps. »

C'était la première fois qu'elle admettait que son frère n'était pas aussi parfait qu'elle le laissait paraître et la dernière où nous avons abordé le sujet. Quand je me suis rapprochée d'elle, elle a grimacé et s'est détournée de moi.

« Qu'y a-t-il ? »

Elle a remis son chemisier en place mais pas assez vite pour que je ne remarque pas les bleus qui s'étendaient sur ses épaules.

« Je suis tombée contre un des poteaux de bois dans la grange. Mes bras sont encore endoloris. — Autumn... — Tout va bien. »

Elle a écrasé la fleur entre ses doigts et m'a regardée droit dans les yeux, comme pour me défier de la contredire.

La pitié m'a fait me mordre la langue. Elle dansait dès qu'elle avait une heure de libre, à chaque moment où elle pouvait fuir M. Browne, et elle semblait pâle et méfiante. Ty était la seule famille qu'il lui restait. Je ne voulais pas qu'elle sache à quel point il avait changé lui aussi.

« Tyler est peut-être en colère contre le reste du monde mais jamais il ne pourra te haïr. »

Autumn n'avait pas l'air convaincue.

« Tu ne le connais pas aussi bien que moi. »

C'est la chose la plus vraie qu'elle ait dite cette nuit-là, alors que nous nous mentions toutes les deux.

J'enfonce mes ongles dans mes paumes. Opportunity a rejeté Tyler – et, par extension, toute sa famille – mais Autumn ne l'a jamais remarqué. Elle prenait plaisir à être seule. Elle ne voulait pas être liée à qui que ce soit, et Opportunity a rompu les liens à sa place.

— Retournez à vos sièges. Je n'ai pas envie que quelqu'un me surprenne.

La voix de Tyler retentit dans toute la salle.

Autumn presse ma main plus fort.

— Chut, murmure-t-elle, absente, en m'attirant plus près. Reste ici. Il ne doit pas te voir.

La plupart des élèves restent où ils sont, pourtant Tyler semble imperturbable.

Puis il se tourne vers la scène, et la balle suivante s'enfonce dans la jambe d'une enseignante qui approchait. Elle tombe sur la scène dans un grognement.

— Descendez, dit-il. Descendez de la scène.

M. Jameson se fige, mais ni lui ni les autres enseignants ne bougent.

Tyler tire un autre coup de feu – en direction cette fois des membres du chœur restés sur scène. Ils crient. Les professeurs reculent, vers le premier rang.

En réalité, ils seront pris au piège ici, mais entre la vie et la mort de quelqu'un d'autre, je n'hésiterais pas non plus.

— J'aime à quel point vous êtes désormais tous attentifs. Aviez-vous déjà envisagé de m'écouter auparavant ?

Dans un coin, Mme Noble, la nouvelle prof d'histoire des secondes, se blottit contre le mur. Elle a commencé l'enseignement cette année seulement. Je ne pense pas que c'est ce qu'elle imaginait. Elle a la couperose ; ses cheveux rebiquent dans tous les sens.

Le dernier enseignant à quitter la scène, M. Jameson, garde la tête haute. Il doit être aussi terrifié que nous, mais ce qui me frappe le plus, ce n'est pas le tremblement nerveux de ses mains ou les nappes de sueur sur sa chemise. C'est la douleur sincère sur son visage.

Il n'arrête pas de lever les mains comme pour atteindre Tyler, comme il l'a fait pour chaque élève, dans chacune de ses classes. Il aurait écouté.

Nous détestons tous aimer le lycée d'Opportunity et nous adorons le détester. Nous avons hâte d'être diplômés mais nous ne voulons pas partir. Cette école est spéciale, de ces stupides briques rouge vif qui donnent l'air moderne et déplacé au bâtiment jusqu'à la mascotte : l'Ocelot d'Opportunity.

Mais c'est M. Jameson qui rend l'école encore plus spéciale. M. Jameson, qui connaît le nom de chaque élève, qui parle avec chacun d'entre nous de nos espoirs et de nos rêves, qui est un bien meilleur conseiller d'orientation que notre vrai conseiller d'orientation.

Tous les ans, au début du semestre de printemps, il prépare un feu de camp dans le champ à côté de l'école pour les terminales. C'est la tradition. On se rassemble à minuit, et il lit pour nous. Une légende. Une nouvelle. Un mythe. Une fois que tout le monde s'est rendu malade avec des guimauves, il demande aux élèves d'écrire leurs vœux sur des lanternes. Et ces vœux seront envoyés vers les étoiles – et le pouvoir supérieur auquel nous pourrions croire, quel qu'il soit. Ensemble, chaque classe rêve d'une chose plus grande que ce monde dans lequel nous vivons.

Ça semble kitsch au possible, mais tous les terminales aiment ça. Même la fille de M. Jameson, Mei – qui évite manifestement les cours de son père –, n'a pas tari d'éloges à ce sujet l'an dernier. Car qui que nous soyons, nous rêvons tous. Le rituel a fait de M. Jameson une légende et du lycée d'Opportunity notre foyer.

— Monsieur Browne, ce n'est sans doute pas... commence M. Jameson.

Une vague de murmures traverse l'auditorium.

Gardez le silence, s'il vous plaît.

....

TOMÁS

Far dérape devant moi vers la double porte et tente de l'ouvrir. Les cadenas tintent contre le verre fortifié, et l'écho résonne sur les murs. Un frisson de claustrophobie me parcourt l'échine, ce qui n'aide pas du tout.

— Allez, dis-je un peu trop fort. Nous ne savons pas s'il y a d'autres personnes à l'extérieur de l'auditorium.

Probablement pas. Certainement pas. Mais ne prenons pas de risque.

Du bout de ma chaussure, j'ouvre la porte du gardien et je jette un œil. Neil est le seul assez chanceux pour être dispensé des discours de Trenton. Il ne devrait pas être dans l'auditorium. Mais il n'y a aucun signe de lui. *Est-il parti à l'auditorium ou chercher de l'aide ?*

J'appuie sur l'interrupteur. La lampe fluorescente baigne la pièce d'une lueur artificielle.

Et je vacille.

Neil *est* là. J'ignore ce à quoi je m'attendais. Peut-être à le voir ligoté à sa chaise, un chiffon dans la bouche comme dans les films, ses yeux sauvages et son front en sueur à force de tenter de défaire ses liens. Il serait furieux, mais reconnaissant une fois libéré de ses entraves.

Au lieu de quoi il est assis, contre un des placards. Ses mains sont ligotées avec un collier de serrage si serré que ses doigts sont devenus noirs. D'autres colliers entourent son cou, et il est bâillonné. Ses yeux sont vides ; son visage a la même couleur que ses mains. Des éraflures sanguinolentes marquent son cou, comme s'il avait tenté d'arracher le plastique à mains nues.

Mes oreilles bourdonnent et mon estomac se rebelle. J'attrape la poubelle, dans laquelle je vomis jusqu'à ce qu'il n'y ait plus le moindre reste de nourriture dans mon corps.

Je ne me sens pas mieux pour autant.

— Oh, mon Dieu.

Fareed recule contre le mur. Il marmonne quelque chose, mais je n'arrive pas à discerner les mots. On dirait un genre de prière, dans la langue de ses parents.

Je devrais probablement prier moi aussi. Grand-père voudrait que je le fasse. Mais la vision du corps de Neil m'a totalement engourdi.

Je dois rejoindre Sylvia. Rejoindre l'auditorium. J'essuie ma bouche avec ma manche.

— Attrape-moi le drapeau sur cette étagère, dis-je à Fareed, d'une voix que je reconnais à peine.

On dirait que nous sommes tous deux des versions différentes de nous-mêmes. J'abaisse les paupières de Neil pour qu'il arrête de nous fixer. Sa peau est semblable à de la cire, et une partie de moi refuse de croire que c'est vraiment lui, refuse de croire que ce qui se passe est réel. L'autre partie exige de l'action, immédiatement.

Fareed me tend le drapeau – le logo d'Opportunity, bleu et pourpre, avec la devise de l'école en italique juste en dessous. Ensemble, nous drapons Neil, pour que le « Futur » couvre son visage.

— Le tireur sera soit juste à l'extérieur de l'auditorium soit à l'intérieur. Nous avons besoin de tous les outils que nous pouvons trouver pour les cadenas, je réussis à dire. Des cutters, des pieds-de-biche, des tournevis, des pinces, des clés à molette – tout ce que Neil possède. Merde, des marteaux aussi. Au moins, nous pourrons les utiliser pour briser les vitres, pour faire signe à la police ou pour sortir.

Sans attendre que je finisse de parler, Fareed grimpe sur le bureau du gardien pour descendre les caisses à outils et le kit de premiers secours d'une des étagères.

J'ouvre un tiroir et commence à chercher du matériel. Je doute un peu que Neil ait un outil pour crocheter les serrures ou un passe-partout, mais des trombones feront parfaitement l'affaire.

Ou un flingue.

Il n'est pas question de riposte ou de légitime défense. C'est une question de revanche. Si ce type a fait du mal à ma sœur ou à qui que ce soit, je le tuerai. Lentement.

Sauf que c'est contraire à la politique de l'école d'avoir des armes – pour les élèves et pour le personnel. Même si

Neil en avait une – en cas d'urgence – elle serait sous clé en lieu sûr, et la trouver, sans parler d'y accéder, prendrait un temps dont nous ne disposons pas.

Je fourre une poignée de trombones dans ma poche et Fareed me tend une pince coupante ainsi qu'une ribambelle d'autres outils. Nous allons devoir faire notre possible et prier pour que la police arrive ici rapidement.

....

CLAIRE

Cette journée est un cauchemar. Je ne vais plus tarder à me réveiller.

Je voudrais que ce soit mon imagination qui ait exagéré quelque chose d'aussi idiot qu'un microphone tombé plusieurs fois ou un haut-parleur qui se serait effondré. Demain, nous rirons d'avoir appelé la police et la Garde nationale pour un objet qui tombe. Trace pensera que c'est la meilleure blague du monde.

Sauf que je sais reconnaître un coup de feu. Je sais faire la différence entre un microphone, un coup d'envoi et un semi-automatique.

Je sais que c'est réel.

— *Je le prouverai au monde. Et ils ne m'oublieront jamais.*

L'air brûle mes poumons. La route s'étend devant Chris et moi, mais on dirait que nous n'approchons pas de notre but.

Un, deux, en avant.

Trois, quatre, restent à faire.

— Allez, sergent, garde le rythme.

Mes yeux s'emplissent de larmes de rage.

— Ne m'appelle pas comme ça. Ne m'appelle plus jamais comme ça.

Chris est momentanément sans voix. J'en profite, les mots sortent de ma bouche en salves avant que je ne puisse les arrêter.

— Si c'est Ty qui fait ça, comment se fait-il que je ne l'aie pas su ? Comment se fait-il que je n'aie pas vu qui il était vraiment ? Je croyais que nous avions toujours été honnêtes l'un envers l'autre.

Chris secoue la tête.

— Comment aurais-tu pu savoir ? Tyler est malin. Il aura été prudent. Tu ne peux pas t'en vouloir.

— Ty m'a dit qu'il s'assurerait que le monde ne l'oublierait pas. *Il me l'a dit*, Chris. J'aurais pu faire quelque chose. Ça n'aurait jamais dû arriver. J'aurais pu protéger tout le monde. J'aurais dû protéger Matt. Je. N'ai. Rien. Fait.

Les épaules de Chris se tendent, et sa mâchoire se crispe. Il inspire fortement et profondément à de nombreuses reprises, puis ralentit son allure.

Je m'adapte.

— Tyler t'avait-il parlé de son plan d'apporter un pistolet à l'école ? finit par me demander Chris.

Je secoue la tête.

— Quand il t'a dit qu'il voulait se venger, était-il en colère ?

— Après la mort de sa mère, Ty était toujours en colère. Mais jamais contre moi, Chris. Il a toujours été gentil avec moi. Il m'écoutait, me réconfortait, faisait des projets d'avenir pour nous.

Ty essayait toujours de trouver une solution. Quand j'avais passé une mauvaise journée et que je voulais briser quelque chose, Ty me prenait dans ses bras et me disait que tout allait s'arranger. Je lui faisais confiance, même s'il ne croyait jamais vraiment en son propre réconfort.

— Sinon, oui, il s'était encore retrouvé dans une de ces querelles inutiles avec Tomás et Fareed. Ne me cherche pas d'excuses, Chris.

— Ce n'est pas ce que je fais.

Pendant une foulée ou deux, il reste silencieux, sa respiration laborieuse.

— Tu sais, j'ai toujours imaginé qu'on courrait notre dernière course ensemble. Comme la première. Tu t'en souviens ? J'avais oublié mes baskets, mais au lieu d'en emprunter une paire pour les essais, j'imaginais que le fait de gagner toutes mes courses au collège me donnait d'office droit à une place dans l'équipe. Nous étions tous deux convaincus d'être des coureurs formidables. Je ne sais toujours pas ce que le coach a vu en nous.

— Au moins, j'avais apporté les bonnes chaussures, je proteste platement.

Le coin de la bouche de Chris a un sursaut.

— Tu avais dix minutes de retard.

C'était le jour où Trace s'est enrôlée. Elle m'a appelée pour me l'annoncer, et je me suis enfermée dans les toilettes pour en discuter jusqu'à ce qu'elle se calme.

— C'est la première fois que j'ai perdu une course. Toutes les autres fois, je l'ai fait exprès. Non pas parce que tu n'étais pas assez bonne pour me battre, au contraire. Tu es bien meilleure que moi et certains jours, courir est tout ce que j'ai. Si je perds, je veux que ce soit selon mes conditions. Seulement, te savoir près de moi m'aidait à avancer.

Il hésite.

— Tu peux être à la hauteur de *n'importe qui*.

Je me tourne pour regarder Chris, mais il est concentré sur la route devant nous. Le battement de mon cœur n'a désormais rien à voir avec la peur.

— J'ai toujours pensé que c'était généreux de ta part, de m'avoir laissée gagner pour que je me sente mieux.

C'est ce qui a fait que nous sommes meilleurs amis depuis le début, depuis ce tout premier jour. Si Ty n'avait pas fait équipe avec moi en littérature, s'il ne m'avait pas demandé de sortir avec lui en premier, peut-être aurais-je découvert que Chris signifiait plus pour moi. Mais je n'ai jamais pensé qu'il voulait être plus qu'un ami.

Les doigts de Chris caressent les miens.

— Je n'ai jamais pensé que tu avais besoin de gagner pour être parfaite.

....

AUTUMN

Tout l'auditorium fixe les deux personnes sur scène. À l'exception d'une poignée d'enseignants, les rangs à l'avant sont vides. Tout le monde a trouvé le moyen de s'éloigner de Tyler. Il est désormais sous les projecteurs, au centre de notre univers.

Et moi... Je devrais être un peu plus effrayée.

Mais je m'y refuse.

— Monsieur Browne... retente M. Jameson.

Il avance d'un pas, hésitant.

— ÉCOUTEZ.

Ty balance le pistolet sur le côté. Un coup de feu réclame le silence. D'ici, je ne peux pas voir s'il a touché quelqu'un. Je ne sais même pas s'il le sait, encore moins si ça lui importe.

— L'heure n'est plus à la discussion. Bougez.

Il attend que M. Jameson obtempère avant d'ajouter avec fermeté :

— Maintenant.

M. Jameson a l'air gris, et il a des auréoles sombres de transpiration sur sa chemise. Il hoche la tête mais sa démarche est traînante.

Les doigts de Ty relâchent la détente, et ses épaules se dénouent.

— Alors. Bon. Ça ne devrait pas être trop difficile.

Tyler se tient dos à un mur éloigné, pour que personne ne puisse le surprendre.

— Pour survivre, vous devez connaître vos amis. Vous devez savoir à qui vous fier. Et vous devez savoir comment vous montrer indifférents.

L'auditorium est silencieux, tout le monde a trop peur pour parler. Les gens se blottissent les uns contre les autres, les bras autour de leurs épaules, les doigts entremêlés.

Ty se met à sourire, à l'aise – un sourire que j'ai vu il y a à peine deux nuits quand il a agité mes chaussons de danse sous le nez de papa, laissant échapper que je continuais le ballet. Son sourire était identique à celui de papa – froid. Et Ty est resté là pendant que papa me montrait que l'amour qu'il avait autrefois pour la danse, pour moi, était mort avec maman.

Je me frotte la nuque pour tenter d'apaiser la tension. Hier, Ty jurait que c'était un accident. Il riait à travers ses larmes. « Nous avons besoin l'un de l'autre, disait-il, parce que nous n'avons personne d'autre. » Quand il s'est occupé de mes bleus, il m'a dit qu'il prendrait soin de moi, m'a dit qu'il falsifierait un mot du médecin, pour que je puisse rester à la maison. Il m'a promis que rien ne le rendait plus heureux que me voir danser. Ça lui rappelait quand maman était en vie et que nous allions voir ses représentations. Il a dit que même s'il n'avait jamais connu les extrêmes de la colère de papa, il avait déjà tant perdu. C'était le cas pour nous deux.

Je l'ai cru. Je voulais le croire. C'est mon frère.

— Où sont mes anciens camarades de classe ? Levez la main.

La voix de Ty retombe, et ça me hérisse les poils de la nuque. Quelques personnes avancent une main hésitante. La plupart restent accroupis. C'est comme inviter la mort à s'exprimer, mais Ty est parfaitement sérieux. Ses yeux se plissent et son coup de feu suivant me fait sursauter.

Bang.

— Bande de lâches. VOS MAINS.

D'autres terminales lèvent la main. Je presse Sylv contre moi pour être sûre qu'elle ne le fasse pas.

— Beaucoup mieux.

On dirait une partie dérangée de Jacques a dit, et c'est peut-être le cas pour Ty. Après tout, en une seule question, il a localisé la plupart des élèves de terminale.

Tous ceux qu'il méprise.

Le pistolet pendant toujours sur le côté, il s'approche du fond de la scène d'un pas détendu.

— Je vous ai manqué ? Je me suis toujours demandé ce qui vous avait fait décider que je n'étais pas assez bien. Peu importe.

Il tourne les talons et lève son arme dans un mouvement fluide. Sans y regarder à deux fois, sans même cligner des yeux, il presse la détente et abat M. Jameson. La première balle se loge dans le bras du professeur. La seconde creuse un trou dans son torse.

— Leçon un : ne vous attachez pas à qui que ce soit et vous ne serez pas blessés.

Personne ne bouge. Nous sommes tous choqués. Mes mains tremblent même si je tente désespérément de garder mon calme.

— Soyez futés. Ne vous mettez pas sur le chemin du type avec un flingue.

Le canon du pistolet décrit un nouvel arc de cercle vers la foule, désignant un élève accroupi entre deux rangées de sièges. Je peux voir qu'il s'agit de Jordan, un des amis de Sylv et son partenaire en labo de chimie. Jordan, qui porte toujours les pires T-shirts de geek mais qui est secrètement fan de base-ball.

Jordan, qui a aidé à prendre soin de la mère de Sylv après qu'elle est tombée malade, qui veut devenir médecin, qui entre en prépa de médecine l'an prochain.

Jordan, qui n'a pas levé la main.

— Leçon deux : suivez les instructions.

Tyler s'accroupit et vise soigneusement. Puis il appuie sur la détente.

— Bang, bang, t'es mort.

Jay
@JEyck32
OMG #LycéeOpportunity
10 h 13

74 retweets

Jay
@JEyck32
Non non non non. C'est pas possible.
Quelqu'un au #LycéeOpportunity ?
10 h 14

Anonymous
@OpportunisteQuiSEnnuie
@JEyck32 Hahaha mec garde la pêche.
T'es encore bourré ?
10 h 14

Jay (@JEyck32) -> Kevin (@KeviiinDR)

Réponds STP. Dis-moi que tu vas bien STP.
10 h 15

CHAPITRE HUIT

10 h 15 – 10 h 18

TOMÁS

D'autres tirs trouent le silence, et je n'ai qu'une envie, faire irruption dans l'auditorium. Si je n'ai que des tournevis et des trombones, c'est tout ce que j'utiliserai. C'est mieux que de ne rien faire.

— Il faudrait pas plutôt d'abord ouvrir ces portes ?

Fareed hésite devant le bureau du gardien, les yeux rivés sur notre issue vers la liberté. Sa question me prend de court. Il nous faut une sortie de secours. Mais ouvrir ces portes est synonyme d'un temps précieux loin de l'auditorium.

— On pourrait briser ces fenêtres ? pense-t-il tout haut. Puis les gens pourraient se faufiler à l'extérieur. Ou on pourrait tenter de couper ces chaînes.

Je jette un œil à la lourde pince dans mes mains, puis je la lui lance. Il arrive à peine à l'attraper avec tous les outils qu'il tient déjà.

— Coupe les chaînes si tu peux, lui dis-je. Une fois que tu auras fini, va à l'entrée principale. Ouvre le plus de portes possible ; puis viens me rejoindre.

Fareed approuve de la tête.

— Si la police arrive avant que tu n'aies terminé, fais attention qu'ils ne prennent pas la pince pour une arme, j'ajoute. Juste au cas où.

Il grimace.

— File comme le vent. Tu as des demoiselles en détresse à secourir et des gens à sauver.

Pendant une seconde, nous restons à nous fixer sans bouger. Nous voudrions que nos mots aient l'air de blagues, mais vu le regard brisé que me lance Fareed, il n'en est rien.

Je fais un salut avec un des tournevis avant de partir en courant à travers les couloirs déserts. À chaque coin, je m'attends à trouver des élèves qui affluent, à entendre le claquement des casiers. En fermant les yeux, je peux percevoir mes camarades tout autour de moi. Rien qu'un jour de cours ordinaire.

Mes pieds avancent à toute allure. Je vole à travers les couloirs. Mais plus je me rapproche de l'auditorium, plus mon cœur bat fort. J'écoute le silence et j'attends le son inévitable des coups de feu.

Je ralentis et me penche à l'angle suivant, observant le prochain couloir.

Personne.

Trois couloirs vides convergent devant les portes de l'auditorium. C'est le cœur du lycée d'Opportunity. Des casiers alignés le long des murs, des portes bleues repeintes pendant les vacances d'hiver. On dirait qu'elles n'ont pas servi, comme si tout dans cette école était neuf et surréaliste.

Des cages d'escalier mènent aux salles d'étude et de sciences et, au-delà, au toit.

Cinq jeux de portes conduisent à l'auditorium. C'est à peu près l'endroit parfait pour piéger tous les élèves. À part ces portes, il est quasiment inaccessible. Il y a une sortie sur les ailes, mais aucune autre porte ne ramène à l'école.

Quatre des portes battantes sont enchaînées et sécurisées par des cadenas. Celle à l'extrême droite ne l'est pas.

Je me déplace lentement, mais mes baskets couinent sur le linoléum fraîchement ciré. Je passe la porte sans chaîne au profit de celle à l'autre bout. Mieux vaut ne présumer de rien. Autant se concentrer sur les cadenas devant moi.

Se concentrer sans écouter.

Impossible.

Je range les tournevis à ma ceinture pour qu'aucun ne tombe et je m'approche de la porte. Il n'y a pas de bruit de l'autre côté. L'auditorium a été conçu pour des représentations musicales et des répétitions de tambour ; il est pratiquement insonorisé.

Quand une personne parle de l'autre côté de la porte, on dirait un vague marmonnement. Distant. Inintelligible.

Je pioche deux trombones et les déplie pour avoir deux épingles droites, puis je m'agenouille près de la porte. D'une main, je tiens fermement le cadenas, et de l'autre, j'insère lentement les épingles. Si la principale Trenton pouvait me voir, elle aurait un ou deux trucs à dire. *Ne pas consulter les dossiers des étudiants sans autorisation ; ne pas s'introduire par effraction sur la propriété de l'école.*

Je tremble. Je lui promettrais de ne plus enfreindre les règles, plus jamais, si seulement ma sœur était en sécurité.

SYLV

Mes frères croient peut-être que je suis la plus forte, mais ici – à côté d'Autumn, dont les yeux vigilants scannent la pièce – je sais que c'est faux. Je sais m'occuper des autres. Je sais parler à *mamá* quand elle oublie le monde qui l'entoure, mais je ne suis pas forte. Pour la première fois depuis des mois, je veux que quelqu'un me prenne dans ses bras. Si seulement Tomás était là. Ou *abuelo*. Quiconque pourrait donner du sens à cette folie.

Quiconque pourrait nous protéger.

Je ne peux pas demander à Autumn de s'opposer à son frère. Je peux seulement prendre soin de moi, comme je l'ai toujours fait.

Ah, Dios, faites que l'heure de colle de Tomás l'ait gardé en sécurité. De tous les jours où il est venu à l'école au lieu de sécher, j'aurais aimé qu'il n'ait pas choisi celui-ci. Nous venons juste de renouer le contact.

Dos au mur, je suis si proche des portes – de la liberté – mais avec les serrures verrouillées, nous pourrions aussi bien être derrière des barreaux de fer.

Sur scène, Tyler se redresse.

— J'ai soif. Quelqu'un a à boire ?

J'étouffe un gloussement hystérique, et l'incrédulité ondule autour de moi. Personne ne parle, bien qu'il y ait des bruissements de gens attrapant leurs sacs. Nous comprenons tous l'importance de suivre les instructions, mais personne ne s'avance.

— Personne ?

Tyler tapote son menton avec le pistolet.

— Une bouteille d'eau ? Une canette de soda ? *Rien ?*

Personne ne bouge. Tyler a l'attention de l'auditorium entier rivé sur lui.

— Toi, là.

Tyler fait signe à un garçon dans l'allée avec lequel nous avons eu cours pendant des années. Kevin Rolland, l'un des seuls élèves du lycée fièrement sorti du placard, qui, un jour, a grimpé sur un bureau pendant le cours d'histoire durant un débat où Tyler arguait que les gens comme Kevin n'avaient pas leur place à Opportunity, qu'Opportunity devait se protéger.

Mais chaque fois que Tyler essayait d'argumenter, Kevin parlait plus fort, récitant la moitié du discours de Harvey Milk « Espoir d'un monde meilleur », avant que le professeur ne lui demande de redescendre. La plupart des élèves ont applaudi, pas nécessairement parce qu'ils étaient d'accord avec Kevin, mais parce qu'il s'était opposé au harcèlement de Tyler. Ce jour-là, pendant la pause déjeuner, un des amis de Kevin, Jay, a « accidentellement » renversé son soda sur Tyler, trempant ses vêtements. Quand Kevin a retrouvé ses pneus crevés à la fin de la journée, quelqu'un a mis le feu au casier de Ty en représailles.

Et ça n'a fait que s'intensifier jusqu'à ce que Tyler quitte l'école. De toute façon, c'était presque la fin de l'année, et nous étions tous heureux de le voir partir.

— J'ai *soif*, Kevin, insiste Tyler.

Kevin fouille son sac. Son visage est écarlate quand il relève les yeux et qu'il murmure « rien ». On dirait que la peur l'a privé de sa voix, comme elle l'a fait pour beaucoup d'entre nous.

— Quel dommage.

J'ai à peine le temps de détourner le regard avant qu'un autre coup de feu fasse voler la matinée en éclats et que Kevin s'effondre.

— Tout ce que je voulais, c'était une chance. Une chance comme vous lui avez donnée, à lui ou à elle.

Il ponctue ses mots avec soin. Il plisse les yeux et vise une élève de seconde. Fait feu.

S'il était parti dans un accès de folie meurtrière, c'eût été moins effrayant. Ç'aurait été un acte de violence aléatoire. Le simple fait qu'il choisisse soigneusement ses cibles, parmi des centaines d'élèves dans l'auditorium, fait de lui une menace bien plus importante. Et ça me terrifie.

Tyler va abattre quiconque tentera de l'arrêter, se mettra sur son chemin, mais il y a des dommages collatéraux. Il n'est pas venu pour eux.

Il est là pour nous. Ceux qui ne s'adaptent pas à son monde parfait.

Je jette un œil à Autumn. Tyler ferait n'importe quoi pour elle, et elle ferait n'importe quoi pour Tyler. Ou du moins, c'était le cas. Désormais, elle est statufiée, aussi effrayée que nous. Derrière ses cheveux blonds souples et son maquillage léger, elle a le teint terreux. Et je veux la prendre dans mes bras, peu importe qui nous voit. Après tout, que reste-t-il à craindre quand notre plus grande peur est déjà là ?

Les trois élèves de seconde près de nous sanglotent. Elles gardent la tête baissée et les bras autour de leurs épaules, pour ne pas devoir affronter l'horreur.

J'aimerais avoir le courage de m'opposer à Tyler.

Quand je me remets à genoux, une ombre attire mon regard. Un épais rayon de lumière filtre sous les lourdes portes, et il y a une différence subtile dans l'ombre, comme si quelqu'un se trouvait au-dehors. Un complice de Tyler ? En a-t-il seulement ? A-t-il déjà eu des amis ?

Je m'approche un peu plus, mais Tyler reprend alors la parole, et je me fige en plein mouvement.

— Aujourd'hui, vous m'appartenez tous.

Le monde extérieur n'a plus d'importance.

....

CLAIRE

— J'ai toujours pensé que tu étais parfaite, et, si je détestais Tyler, c'est parce qu'il t'a fait te rendre compte de ce que je savais depuis tellement longtemps. Tu as pris les commandes ce matin quand aucun de nous n'en était capable. Tu es douée en situation de crise. Tu es intelligente. Tu es forte. Et tu ne peux pas t'en vouloir pour ce qui se passe aujourd'hui, car si tu prends ce chemin, tu ne pourras plus en revenir. Tu as fait de ton mieux.

La gentillesse de Chris fait fondre ma peur, mais je sais que le pardon n'est pas si simple. Pas quand il ne connaît que la moitié de l'histoire, que je suis toujours en train de relier les points. J'ai envie d'aller vers lui mais ce n'est pas le moment. Nous devons continuer d'avancer.

Je ralentis l'allure pour avoir un peu plus d'oxygène. *Mauvaise idée.* C'est comme inhaler de la glace. Mon cœur pourrait éclater. À chaque course, il y a un moment où j'ai envie d'abandonner. Quand la douleur se fait trop intense et que mes jambes semblent en plomb. Le coach nous dit toujours, si vous pouvez traverser ce moment, vous avez battu la moitié de vos adversaires.

Je me concentre sur l'horizon et sur la silhouette d'Opportunity. Le vieux clocher et l'église. Le silo à grains, qui, d'après Matt, ressemble aux remparts d'un château. Le profil de la ville n'est pas impressionnant, mais il est familier. C'est chez moi.

— Ty n'était pas seulement en colère, je finis par dire. Il était vindicatif. Quand il s'est retrouvé dans une bataille contre Tomás, il n'a pas passé ses nerfs juste sur lui. Il l'a fait sur tous ses proches. Il a coincé la sœur de Tomás lors du bal de promo et a tenté de l'embrasser. C'est pour ça qu'on a rompu ce soir-là. Ty m'a dit plus tard qu'il ne faisait que plaisanter.

Le corps junior des officiers de réserve était au bal en tant que garde d'honneur, et je faisais ma ronde quand j'ai entendu quelqu'un crier.

« Tu dois apprendre les bonnes manières », lui a-t-il soufflé.

Elle tentait de se dégager de son emprise.

« Casse-toi, Tyler. Tu ne m'intéresses pas. »

Il s'est rapproché.

« Je vais t'apprendre. »

Il l'a agressée pour rigoler, pour l'avertir, et je lui ai simplement dit d'aller se faire voir. Sylv ne voulait pas que je rédige un rapport, je n'ai donc rien dit, mais j'aurais dû faire plus.

Cette nuit-là, Ty m'a regardée avec une lueur féroce dans les yeux que je n'avais encore jamais vue. La gentillesse et la patience avaient disparu. Les sourires aussi. Il ne restait que la sauvagerie.

Je l'ai éloigné de Sylvia avant de me retourner contre lui, et c'est tout ce que j'ai pu faire pour m'empêcher de hurler.

« Merde, Ty ! Qu'est-ce qui cloche chez toi ? »

Il a tressailli, et Sylvia en a profité pour courir à l'intérieur. Si je croyais que sa disparition allait calmer Ty, j'avais tort. Il bouillonnait.

« Pourquoi c'est toujours moi ? Cette ville... cette école me prend tout. Ma maison. Ma mère. Ma sœur. Pourquoi est-ce ma faute ? — Alors c'est quoi ça, ta revanche ? — Ça ne voulait rien dire ! — Sylvia n'a rien à faire dans tes disputes avec Tomás. »

Je luttais pour garder le contrôle de mes émotions mais j'avais juste envie de le frapper. Ou de pleurer. Ou les deux.

« Je croyais que tu tenais à moi. »

Un genre de terreur a parcouru son visage.

« C'est le cas. Bien sûr. »

J'ai secoué la tête et reculé.

« Tu es répugnant. Va-t'en. »

Sa mâchoire s'est crispée. Je m'attendais à ce qu'il me tombe dessus. Puis ses épaules se sont affaissées.

« Tu ne peux pas... S'il te plaît, ne m'abandonne pas. »

J'ai soupiré.

« Rentre chez toi, Ty. »

Le jour suivant, il a quitté l'école.

Quand je l'ai vu à la quincaillerie Browne une semaine plus tard environ, il a souri et m'a demandé des nouvelles de Matt et Trace. Nous étions tous les deux un peu embarrassés et réservés, et j'ai pensé qu'il avait momentanément perdu le contrôle, comme les jours où la tristesse par rapport à sa mère le submergeait. Mais il ne s'est jamais excusé. Et moi non plus.

Chris augmente l'allure, jusqu'à ce que nous soyons à nouveau en train de courir et que même la gravité nous lâche – jusqu'à ce que chaque pas nous éloigne de la douleur.

— Nous sommes plus que nos erreurs. Nous sommes plus que ce que les gens attendent de nous. Je dois y croire.

La respiration de Chris est un peu plus profonde mais c'est le seul signe qu'il se dépasse.

— Tu peux faire bien plus que tout ce que tu as imaginé. Si tu n'y crois pas, crois-moi au moins.

— Oui, commandant.

Je n'arrive pas à sourire, mais ses paroles allègent un peu mes pas.

— Je ne sais pas quoi faire quand tu n'es pas à mes côtés.

— Tout va bien entre nous ?

Je soupire.

— Bien sûr. Tu es mon meilleur ami. Rien ne pourra changer ça.

Il me regarde comme s'il n'en était plus vraiment certain.

Nos pas résonnent sur le béton, l'un devant l'autre, encore et encore. Au loin, des sirènes fendent l'air.

Je serre sa main, et il serre la mienne en retour.

Puis la route s'échappe et je n'arrive plus à respirer, je tombe, tombe, tombe.

…….

AUTUMN

Sylv recule contre la porte. Je parcours son doigt avec l'ongle de mon pouce. Tellement de choses se passent dans sa famille ; elle a été si forte. Je ne supporte pas l'idée qu'après tout ce qu'elle a traversé, les actes de mon frère soient la raison pour laquelle elle craque. Je me creuse la tête pour trouver des mots réconfortants : « Tiens le coup » ? « On va s'en sortir » ? Non. Ce ne sont que des promesses en l'air.

— Ty sait ce qu'il fait.

Elle tremble.

— Que faisons-*nous* alors ?

Avec la centaine de téléphones portables dans l'auditorium, quelqu'un a dû alerter les autorités.

— Nous gardons la tête baissée en espérant qu'il ne nous voie pas, dis-je. Nous suivons les instructions.

Cet auditorium est désormais notre univers, et nous sommes tous en train de mourir à petit feu. Ty change tranquillement les chargeurs. Il jette les cartouches usées au sol comme des boulettes de papier.

— Savez-vous ce que ça fait de perdre tout ce à quoi vous tenez ? Votre famille ? Votre copine ? Parce que toute la ville s'est retournée contre vous ? Tyler l'arrogant. Tyler le débile. Tyler le paria. Je reconquiers Opportunity. Vos *vies* sont miennes. Et vous allez m'accorder votre attention.

Où a-t-il trouvé ce pistolet ? À l'une de ces foires auxquelles papa avait l'habitude d'assister ? Je peux les voir là, riant ensemble comme jamais ils ne l'ont fait avec moi, papa commentant la qualité d'une arme, les bonnes munitions ou le meilleur moyen de nettoyer le canon.

Ma tête semble légère, comme si j'avais fait un millier de pirouettes. L'arrière de ma gorge brûle. Je ne veux pas de cette douleur. Nous ne pourrons jamais revenir en arrière.

Je veux retourner au moment où Ty prenait soin de moi, comme un grand frère. Revenir à l'époque avant que tout s'écroule. Empêcher ça d'arriver. Je veux lui mettre des claques, lui faire prendre conscience de tout ce qu'il est en train de perdre, mais je reste figée. S'il veut se venger, il devrait le faire sur moi.

Relâchant Sylv, je rampe pour mieux voir la scène. Je n'aurais jamais cru que j'userais ainsi de mes techniques de danse, mais je me déplace rapidement et en silence. Si Ty me trouve, au moins Sylv sera cachée au fond de l'auditorium avec une centaine d'autres élèves.

La voix de Ty fait trembler la salle, et mon cœur se serre quand il s'arrête pour porter son attention sur un nouvel élève. Les gens autour de moi sont assis, accroupis, penchés. Ils bougent à peine alors que j'essaie de passer près d'eux. Je garde la tête basse et je rampe. Je zigzague entre leurs jambes, contourne leurs corps, jusqu'à voir les marches menant à la scène, protégée par une rangée de sièges.

À l'heure pour le prochain coup de feu. Je pose ma joue contre la moquette rugueuse et ferme les yeux.

Il était assis sur mon lit, la veille de Noël, jouant avec l'invitation à auditionner pour Juilliard.

« Tu devrais faire plus attention, p'tite sœur, a-t-il dit. Papa te tuera s'il voit ça. — Rends-la-moi. »

J'ai tenté de m'en emparer, mais il la tenait hors de portée.

« Ne t'inquiète pas. J'ai toujours gardé tes secrets. »

J'ai levé les sourcils. Ces derniers mois, après sa rupture avec Claire et son abandon de l'école, Ty a perdu tout intérêt pour l'avenir, notre famille, moi. Il aidait papa à la boutique pendant la semaine et disparaissait le week-end pour chasser. Il a presque gagné le respect de papa alors que j'étais laissée pour compte.

Mon frère me manquait.

« Tu devrais partir. Loin de ta soi-disant copine. Prouver à Opportunity qu'elle est trop petite pour ton talent. Nous allons leur montrer qu'on ne rigole pas avec les Browne. »

J'ai tenté d'attraper la lettre de Julliard à nouveau, et cette fois, il m'a laissée faire.

« Que veux-tu, Ty ? »

Il a repoussé une mèche de cheveux de son visage et a haussé les épaules.

« Il n'y a rien qui te retient ici. Ni elle. Ni papa. Ni moi. »

Le coin de sa bouche a eu un sursaut. C'est ce qui l'a trahi. Il bluffait. Il ne pourrait jamais jouer de l'argent au poker. Je ne pouvais pas lui dire la vérité. Je ne pouvais pas lui donner d'espoir.

J'ai enfourné la lettre dans ma poche.

« Non. Il n'y a rien. Et plus vite je pourrai partir, mieux ce sera. Va te faire voir, Ty. »

Son visage s'est tordu en une grimace, mais il n'a plus rien ajouté.

— Je devrais peut-être vous le dire ?

Tapant le canon du pistolet contre son menton, Ty lève un sourcil et sa voix s'adoucit.

— Je pensais au moins que ma famille se souciait de moi. Mais vous les avez corrompus. Vous ne m'avez rien laissé.

Il tire une autre balle dans le public, et cette fois, il y a un cri de douleur. Ça semble le calmer un peu.

— Tu n'es pas d'accord, Autumn ?

Il parcourt l'auditoire des yeux, attendant que je m'avance. Attendant que je me rende.

CJ Johnson
@CadetCJJ
J'ai toujours cru que je serais plus courageuse. J'ai tellement peur. #LycéeOpportunity
10 h 17

---

74 favoris

George Johnson
@G_Johnson1
@CadetCJJ PENSE À TOI. FAIS GAFFE STP.
10 h 17

Abby
@EncoreUneASmith
@CadetCJJ @G_Johnson1 Comme nous tous.
10 h 17

Fam. Nord
@FamNordOpp
@EncoreUneASmith @CadetCJJ @G_Johnson1. Pensons tous à vous.
10 h 18

Jim Tomason
@JTomasonSTAR
@CadetCJJ Pouvons-nous vous poser quelques questions concernant la situation au #LycéeOpportunity ? Nos reporters aimeraient vous contacter.
10 h 18

CHAPITRE NEUF

10 h 18 – 10 h 20

AUTUMN

Personne ne réagit. Les gens autour de moi s'agitent, mal à l'aise, mais ils ne parlent pas, ne me désignent pas, ne font rien qui pourrait trahir ma présence. Et ça me surprend. Peu de gens m'apprécient ici, et mon frère les menace de mort. Me sacrifier pourrait être leur billet de sortie de cet enfer.

— Autumn, chantonne Ty. Ça t'aiderait si je t'encourageais à prendre la bonne décision ?

Il saute de la scène et fait les cent pas comme s'il décidait qui choisir pour son équipe de basket en EPS. Miles, qui a passé toute l'année de première à charrier Ty à cause de ses vêtements ? Eve, qui avait le béguin pour Ty en seconde mais qui l'a largué pour Miles ? Ils sont assis côte à côte sur deux des sièges. Leurs mains sont serrées si fort qu'elles sont devenues blanches.

Ty s'arrête devant eux. Il tapote à nouveau son menton du canon de son pistolet. Eve cache son visage contre l'épaule de Miles. Des vagues de tension émanent d'eux. Les regards des gens qui m'entourent me brûlent.

L'an dernier, à l'anniversaire de la mort de maman, Ty m'a réveillée à l'aube. Papa était encore endormi, toute la maison empestait la bière.

Ty m'a souri.

« Si on se faisait la malle ? »

Techniquement, nous n'avions aucune obligation à fuir – le dimanche, la boutique était fermée. Mais l'alternative était de passer la journée avec papa, et il aurait forcément la gueule de bois et serait tellement imprévisible. Les six mots de Tyler ont détendu la peur qui nouait mon cœur.

Tyler nous a conduits au cimetière ; puis nous avons pris des frites au diner *et il m'a emmenée voir une version novatrice de la compagnie de danse de Tuscaloosa. C'était une réécriture moderne d'*Othello*. La représentation n'était pas particulièrement bonne – la moitié des danseurs n'avaient pas de formation classique et la musique était offerte par un vieux tourne-disque – mais c'était la première représentation que je voyais depuis la mort de maman. La première fois que je me sentais en sécurité.*

C'était parfait.

J'espérais que le retour de Ty au lycée d'Opportunity signifierait que j'allais retrouver mon frère. Je ne voulais pas être seule aujourd'hui. Mais pas comme ça. Jamais comme ça.

Je déglutis. L'heure n'est pas aux émotions.

Ty sourit, abat Miles et continue. Eve hurle encore et encore. Ty l'ignore. Quelques pas plus loin, il se penche et attrape une fille noire par son maillot de foot.

— NYAH !

Le cri étouffé vient d'à côté. Mon cœur s'arrête. Il ne va plus jamais se remettre à battre.

Dans l'allée, Asha tente de se lever alors que trois autres la tirent vers le bas. Mais Asha est farouche. Elle se dresse.
Mes yeux brûlent. Je dois me lever. Je dois arrêter ça.
Oh, Ty.
— Ash, aide-moi !
La fille lutte dans les bras de Ty, seulement il est trop fort et pas vraiment doux quand il la tire par-dessus la rangée de sièges. Elle est jeune – peut-être en seconde. Ses cheveux s'échappent de ses tresses, et ses épaules tremblent.
Je devrais bondir sur mes pieds, mais mes bras et mes jambes sont plombés. Je ne peux pas bouger.
— C'est une idée terrifiante, pas vrai ? Perdre tout ce qui compte pour toi ? demande Ty calmement alors qu'il pointe le pistolet vers la fille. Je ne *veux* pas faire ça, Autumn.
— Non, non, non. Pitié, ne fais pas ça. Oh mon Dieu, ne fais pas ça.
Les sanglots de la fille remplissent l'auditorium. C'est la première à supplier. La première à fixer le canon qui la nargue. La première à craquer.
— Aidez-moi. Quelqu'un, à l'aide !
Elle semble si jeune. Trop jeune pour mourir. Comme nous tous, elle est censée avoir un avenir. Elle est censée travailler dur et profiter du lycée. Faire des erreurs, se faire des amis. Faire des bêtises, faire l'amour. Au lieu de ça, elle est réduite à un exemple, une statistique. Et je sais que l'auditorium est sans doute suffisamment grand pour accueillir un millier d'élèves, mais trop petit pour en cacher un seul.

....

TOMÁS

Il y a quelques années, grand-père s'est mis en tête de nous apprendre, à mes frères et moi, les ficelles pour diriger une ferme – nettoyer les étables, réparer les outils, et un jour, l'art des serrures. Il ne pensait pas que crocheter des serrures était convenable pour une fille, Sylvia a donc été mise à l'écart et il n'y avait que nous quatre. Une journée entre hommes.

Sylv n'a pas du tout apprécié. Il fallait la voir : une fillette de huit ans avec des nattes et une salopette rose à fleurs, marchant d'un pas lourd à travers champs, tentant de nous suivre pour nous espionner. Grand-père l'adorait, mais il s'est montré ferme. Nous l'avons regardé s'accroupir et lui expliquer qu'elle n'avait pas besoin de comprendre la vie à la ferme. Un brillant avenir s'offrait à elle. Elle était sa *mariposa*, son papillon, la prunelle de ses yeux.

Elle avait râlé à ce sujet dans sa cabane pendant des jours.

Sylvia, mon opposé, qui s'occupe de *mamá* avec autant de facilité que grand-père. Qui s'occupait de mamie et se moquait de sa croyance selon laquelle les esprits et *brujería* seraient la cause de ses douleurs et des oublis de *mamá*.

Elle n'a jamais convaincu grand-père de lui apprendre à crocheter des serrures, mais avant la maladie de *mamá* elle se joignait à nous pour pêcher et chasser à la moindre occasion. Elle aimait travailler dur.

Sylv avait l'habitude d'être intrépide et redoutable.

Et même quand elle est tombée malade l'été dernier, elle a continué d'aider à la ferme. Avec ses notes exemplaires, elle pourrait rentrer dans n'importe quelle école de ce fichu pays. Elle est parfaite en tous points, et si je ne l'aimais pas autant, je la détesterais d'avoir placé la barre si haut.

Quand j'ai annoncé à grand-père que je voulais aller à l'université moi aussi, il m'a simplement tapoté l'épaule et m'a dit que la ferme serait toujours là pour moi. Il ne m'en a jamais cru capable.

Le trombone se tord et se casse. *Merde*.

Les trombones fragiles ne sont pas une bonne alternative pour crocheter des serrures. *Abue*... Grand-père nous a montré comment crocheter de vieux cadenas rouillés. Les cadenas résistants qui bloquent ces chaînes ne sont pas les vieux machins vendus au rabais à la quincaillerie Browne. Celui qui les a achetés voulait s'assurer que personne ne sortirait vivant.

Avec un peu de chance, Fareed s'en tire mieux de son côté de l'école. S'il y a bien quelqu'un en qui j'ai confiance pour ça, c'est lui.

Fareed est le seul élève musulman d'Opportunity. Il ne passe pas inaperçu dans la foule, avec ses manières simples et son accent chantant. Mais il fait la cour aux enseignants et les mène par le bout du nez. Il garde la langue de ses parents. Il prie plusieurs fois par jour. Il a confiance en ses traditions.

Et je l'envie.

Ah, comme j'aimerais me rappeler les mots d'un *Padre Nuestro* ou d'un *Ave María*. J'aimerais que mon *abuelo* soit ici, pour que je le regarde débloquer ce verrou. Ma mère ne me reconnaît pas, et ma sœur ne me reconnaît pas. Si je ne m'en sors pas, que va-t-il rester de moi ? Qui se souviendra de moi ?

C'est plus facile de savoir qui je ne suis pas que de savoir qui je suis. Quand tout le monde pense que je vais échouer, il est plus facile d'abandonner que d'essayer.

Au coup de feu suivant, mes genoux se dérobent.

....

SYLV

Ça me fend le cœur. *Nyah*. Le tir d'avertissement passe juste à côté d'elle.

À quelques mètres devant moi, Asha hurle et se précipite vers sa sœur.

— Ash, à l'aide !

À l'autre bout de l'auditorium, Nyah se débat dans les bras de Tyler. C'est une lanceuse talentueuse, avec un bras puissant, mais Tyler est plus fort. Il a une arme. Et Nyah peut seulement nous supplier de l'aider.

— Non, non, non. Pitié, ne fais pas ça. Oh mon Dieu, ne fais pas ça.

Mes ongles grattent la moquette jusqu'à ce que le bout de mes doigts brûle. Puis je m'élance.

À genoux, je saisis les chevilles d'Asha. J'ai vaguement conscience que d'autres mains la tirent également. Elle est susceptible de tous nous frapper pour nous être mis sur son chemin. Mais malgré sa détermination, elle ne peut pas diviser la mer d'élèves.

Nous la tirons au sol et je la serre dans mes bras, pendant qu'elle se débat. Je ne veux pas lui faire de mal, mais si je peux la garder en sécurité – si c'est la seule chose que je fais aujourd'hui – ça aura eu du sens.

Elle va me détester. Si Tomás était en danger, je voudrais le protéger. Sauf qu'il n'y a pas de protection contre Tyler. Il ne se soucie visiblement plus de rien à présent. Il ne s'est plus soucié de rien depuis le bal de promo, quand les choses ont commencé à dégénérer.

Jusqu'à ce soir-là, il s'était tenu à l'écart, malgré les casiers tagués et les messages gravés sur le capot de sa voiture. Il nous a dupés avec son éloquence et ses quelques sourires forcés. Nous ne l'avions jamais vu tel qu'il était vraiment ; maintenant il est trop tard.

En bas de l'allée, Autumn rampe, laissant une vague de malaise dans son sillage. Si elle se cache parmi nos camarades, il ne la verra pas immédiatement. Ça la gardera peut-être en sécurité.

— C'est simple, Autumn, continue Tyler. Soit, tu viens ici, soit je continue de tourmenter tes amis. Oh, attends. Tu n'as pas d'amis. Montre-toi ou j'abats l'école entière. Juste. Comme. Ça.

Le coup de feu se mêle au hurlement d'Asha. Mais elle cesse de lutter, comme si tout ce pour quoi elle se battait était mort en cet instant.

Une partie de moi meurt également.

·······

CLAIRE

Nous entendons d'abord les sirènes, leur son trompeusement proche. Il n'y a pas de voitures en vue. Au loin, la route semble miroiter la chaleur des moteurs.

— Claire.

Ma bouche a un goût de sang et de métal. J'ai dû me mordre la lèvre en tombant. Je presse mon visage contre le béton, savourant la fraîcheur sur ma joue. Je ferme les yeux et sens la vibration de la route.

Au-dessus de moi, Chris se profile, grand et sombre. Sa respiration est haletante, ses mains sur ses hanches.

— Claire, lève-toi. Si tu te refroidis trop, tes muscles vont lâcher.

Ses mots ont l'air étranges, comme s'ils me parvenaient à travers un épais brouillard.

Des lumières bleues vacillantes apparaissent à l'horizon alors que les sirènes se rapprochent. Leur hurlement me donne envie de me boucher les oreilles – c'est bien trop fort.

— Claire, pense à Matt.

Je reprends mes esprits. Le visage de Chris retrouve sa netteté au-dessus de moi, un froncement de sourcils trahit son inquiétude. Il me tend une main que je saisis. Une douleur lancinante se fait sentir dans mes mollets alors qu'il me remet sur pied. Tenant toujours sa main, je me penche en avant pour m'étirer autant que possible.

Le premier véhicule de police passe en trombe sans s'arrêter.

Mon estomac proteste, et j'ai des haut-le-cœur au point de manquer d'air. Les doigts de Chris écartent les cheveux de mon visage avec douceur.

— Désolé, dit-il. Je ne voulais pas…

Je secoue la tête. Peu importe la violence de nos disputes, il est toujours là pour moi. Et c'est tout ce qui compte.

Quatre, cinq, six autres véhicules nous dépassent, nous couvrant de poussière de la route et de gaz d'échappement qui disparaissent.

— Tu as raison, je lui réponds.

Je suis responsable de Matt. Je suis censée le protéger, et à présent je ne suis même pas là pour lui.

— Merci.

La dernière voiture de la file s'arrête dans un crissement de pneus. Une jeune policière baisse sa vitre et se penche vers l'extérieur.

— Vous êtes du lycée ? demande-t-elle d'un ton sec.

— Oui, m'dame, répond Chris.

Elle approuve puis secoue la tête.

— Montez. Nous ne pouvons pas vous laisser vagabonder près du campus aujourd'hui.

Quand elle ouvre la porte, un poids quitte ma poitrine. Elle nous ramène au lycée – me ramène à Matt. Ça doit être un signe. Nous pouvons *faire* quelque chose. Ça va bien se passer. Tout va s'arranger. Tout le monde va s'en sortir. *D'une manière ou d'une autre.*

La policière marque une pause, les sourcils froncés.

— Ce n'est pas une sorte de mission héroïque. Vous allez rester avec moi jusqu'à ce que quelqu'un puisse vous escorter en ville ou chez vous. Allons-y.

— Oui, m'dame, répondons-nous en chœur.

Avant qu'elle ne puisse ajouter quoi que ce soit, je me glisse dans la voiture, Chris à ma suite. L'odeur de cuir et de pneu submerge mes sens, et c'est aussi familier que de m'installer dans la voiture de Jonah. Mais les transmissions radio constantes parlent de menaces et de fusillades. Et je suis plus mal à l'aise que rassurée.

Les Aventures de Mei

Position actuelle : Chez moi

>> Papa ne répond pas à mes textos. Il y a tellement de sirènes. Les voitures passent devant notre maison pour se rendre à l'école et tout est illuminé de bleu. Je ne veux pas savoir ce qu'ils vont trouver. Tous ceux que je connais sont au lycée d'Opportunity.

Commentaires : <12>

OMG. On peut faire quelque chose ? On prie pour vous.

Des nouvelles de ton père ? Tout va bien ?

Quel canular ! T'es même pas à Opportunity. Tu veux juste te faire des lecteurs.

Beurk. Tu me dégoûtes. Pourquoi quelqu'un mentirait à ce propos ? T'es vraiment si étroit d'esprit ? Si tu n'as rien de positif à dire, pourquoi ne pas te tenir à l'écart de cette conversation ? Tu ne nous manqueras pas du tout.

CHAPITRE DIX

10 h 20 – 10 h 22

CLAIRE

Nous retournons au lycée, et c'est un mélange de réconfort et de terreur enveloppé dans un paquet d'émotions. *Matt…*

Impossible de ne pas penser à lui – la concentration dans ses yeux verts quand il travaille sur ses figurines en plomb. Son sourire dès qu'il défie Chris de le battre, chaque fois qu'il parle avec Trace. Sa façon d'admirer Tyler. Son agacement dès que des inconnus fixent ses béquilles.

Je ne peux pas…

Je dois garder la tête froide pour gérer ce qui nous attend à l'école. Je dois m'assurer que Matt est en sécurité. Je veux aider notre équipe d'athlétisme, nos cadets, tout le monde.

Je pose ma main sur celle de Chris.

N'ayant plus de pas à compter, j'écoute le bruit sourd des roues sur les aspérités de la route irrégulière – *un deux trois, un deux trois*.

Nous serons plus forts que notre peur. Nous allons nous en sortir aujourd'hui. Nous trouverons un moyen.

La seule façon de ne pas se laisser submerger par l'inquiétude est de se focaliser sur nos amis, nos traditions, nos certitudes.

Comme la Route d'Opportunity. Nous planifions ça depuis des mois. Le dernier jour, à la fin des cours, l'équipe d'athlétisme restera. Dans les bois derrière le parking et les terrains de football, nous allons camper. Entre le territoire de l'école et la lisière des arbres, il y a un champ privé parfait.

Nous mangerons des pâtisseries de la boulangerie locale, offertes par la mère d'Avery ; du chocolat, autant que nous pourrons en apporter ; du pop-corn ; des bâtonnets de sucre candi ; des réglisses pour Chris, même si je déteste le goût.

Pas d'alcool tant que les deux élèves de première de l'équipe ne dorment pas, puis nous boirons. Nous trinquerons à ces années passées ensemble avec Chris, veillant jusqu'à l'aube. Ce serait du gâchis de dormir pour notre dernière nuit de lycéens à Opportunity.

Nous regarderons les étoiles s'effacer et la lune disparaître. Nous regarderons le feu du soleil se levant à l'horizon. Et nous parlerons de l'avenir une dernière fois avant qu'il n'arrive vraiment.

Nous serons ensemble.

Nous nous remémorerons cette soirée comme la meilleure du lycée.

Nous devons simplement y arriver, un jour à la fois.

……..

TOMÁS

Les deuxième et troisième trombones cèdent également sous la pression. *Crac. Crac.* L'un après l'autre, je les lâche sur le linoléum.

Je repose les talons, me lève et fais un pas en arrière pour m'empêcher, par frustration, de cogner la porte.

Je retourne au couloir principal et jette un œil à l'angle. Rien. Pas de Fareed. Pas de police. Seulement le silence oppressant, infini. Rien qui ne prouve la présence d'un millier d'élèves dans le bâtiment. Ils devraient être dans ces couloirs, riant, se disputant, butant les uns contre les autres.

Les lourdes portes empêchent tant de sons de filtrer – mais j'ai besoin de me distraire du bruit dans ma tête.

De retour à la porte, je me mets à genoux. Je redresse deux trombones. J'insère le premier dans la serrure, puis le second. Je chasse toute autre pensée de mon esprit.

Quand je tire le premier bout vers le bas, il glisse derrière le mécanisme de fermeture.

J'essuie mes doigts moites sur mon jean. Je pousse la deuxième épingle dans le cadenas et recommence à exercer une pression. J'aurais dû chercher de plus grands trombones dans le bureau de Neil, car ils sont trop petits pour avoir une bonne prise. À nouveau, la première épingle cède.

Trois épingles en moins.

Le pic glisse sur la suivante.

Encore une.

Un coup fait écho à travers la porte, et je recule brusquement. Le cadenas glisse de mes mains, mais je réussis à le rattraper juste avant qu'il ne frappe la porte.

Il y a un second coup contre le battant.
Merde.

La porte étouffe les sons à l'intérieur de l'auditorium mais comment savoir si c'est vrai dans l'autre sens ? J'évite les réunions, si possible, même si habituellement ça veut dire manquer le bus ou rater les cours. Je n'ai aucune idée de la portée du bruit que je fais en crochetant les serrures. J'ignore ce qui se trouve de l'autre côté. Il pourrait s'agir d'une personne tentant de sortir. Il pourrait s'agir d'un homme armé prêt à m'exploser la cervelle. J'ignore ce qui m'effraie le plus.

J'hésite, puis saisis un tournevis comme si c'était une arme.

Prenant mon courage à deux mains, je m'accroupis, ainsi je peux courir au besoin, je lève la main pour donner un léger coup contre la porte. Près du coin, pour que le son ne se diffuse pas. Une mélodie inconsciente.

....

SYLV

Asha semble fragile. Nous sommes prêtes à fuir, mais il n'y a nulle part où aller. Notre but n'est plus de sortir d'ici vivantes – c'est de ne pas mourir tout de suite.

Toquer était sans doute un plan catastrophique, mais les ombres continuaient de bouger. Je dois savoir ce qui se trouve à l'extérieur – qui s'y trouve. Et entre les sanglots et les déclarations de Tyler personne ne me prête attention.

Ma main se tient toujours près de la porte.

Mon rythme cardiaque accélère.

De l'autre côté me parvient un rythme familier. Celui d'une chanson qu'*abuelo* fredonnait pour nous quand nous étions petits. Pour la première fois, j'ose espérer. Tyler ne savait pas que Tomás passait la matinée en retenue. Il n'est pas allé le chercher en premier. Tomás n'est pas enfermé.
Il est vivant.
Il peut nous tirer de là.
L'espoir qui m'assaille soudain me donne le vertige. Subrepticement, j'observe la zone qui m'entoure. Personne n'a d'yeux pour quiconque d'autre que Tyler – et Autumn.
Non… J'ai le souffle coupé. *Non, il ne faut pas.*
Autumn s'avance vers son frère. Ses traits sont tirés. Elle se tient droite comme un piquet. À chaque pas, elle semble rapetisser un peu plus. Je n'arrive pas à me rappeler la dernière fois où elle a ri sans réserve. Je ne me souviens pas de l'avoir vue heureuse comme avant, assise sur la barrière en bois, dos aux champs de coton et au soleil couchant, souriant pendant que Mme Browne montrait une position de danse.
Elle ne peut pas lui céder maintenant. Il ne la laissera jamais partir. Il ne nous laissera jamais partir. *Ce n'est pas elle qu'il veut. Sa revanche n'est pas contre elle.*
Mais à sa place, je ferais la même chose. Quand *mamá* est tombée malade, mes frères sont venus des quatre coins du pays pour nous aider à fermer son cabinet d'avocat et à déménager de notre maison à la ferme d'*abuelo*. Quand Tomás a failli se faire renvoyer du lycée d'Opportunity, *abuelo* et moi avons parlé à la principale Trenton pour l'en empêcher. Quand j'ai évoqué ma petite amie devant ma famille, ils ont célébré mon bonheur bien que le père Jones prêche le péché, l'enfer et la damnation.

Je resterai à Opportunity et j'abandonnerai mes rêves pour ma famille.

Je ne peux pas imaginer ce que ça fait de ne pas avoir ça. Autant je méprise Tyler, autant j'aime Autumn. C'est pourquoi je n'ai jamais pu lui dire ce qu'il a fait. J'ai envie qu'elle puisse garder la seule vraie famille qu'il lui reste.

Autumn se détache de nous, et il n'y a rien que je puisse faire. J'ai envie de courir vers elle, de m'accrocher à elle et, en même temps, je veux serrer mon frère dans mes bras, ne jamais le lâcher. Depuis tant de mois, nous nous sommes à peine parlé, mais sa présence ici me donne une force que je ne pensais pas avoir. J'ai envie de les garder tous les deux.

Je ne peux pas les perdre.

Je termine la chanson commencée par Tomás.

....

AUTUMN

Chaque fois que je cligne des yeux, je vois le visage de Nyah déchiré par une balle. Le cri d'Asha résonne dans mes oreilles – ou alors elle crie toujours. Ty est mon seul frère, mais en ce moment, je veux qu'il meure. Qu'il prenne son pistolet et se suicide.

Ou que je me réveille de ce cauchemar et que tout revienne à la normale.

Je garde les yeux rivés sur Ty et je tente d'ignorer les gens autour de moi. Les regards ne sont plus compatissants, plus inquiets pour mon pauvre foyer brisé. Tout n'est plus que colère, peur, haine. Ils me reprochent la mort de Nyah, à juste titre. Si seulement j'avais pris la parole, je l'aurais peut-être sauvée.

J'espère que Sylv ne regarde pas, qu'elle s'est détournée elle aussi.

Tyler a plus de mal à garder les mains sur le garçon à côté de Nyah, qui a la présence d'esprit de partir en rampant sous les sièges. Le garçon s'éloigne en se dandinant, mais quand une paire de béquilles rouges tombe au sol avec fracas, j'ai le souffle coupé.

Matt. Je ne l'ai jamais rencontré, mais Ty a toujours parlé de lui avec affection. Quand je passais de longues soirées d'été avec Sylv, Matt et Claire étaient la famille que Ty n'a jamais eue.

Si Matt n'est pas en sécurité, personne ne l'est.

Je suis déchirée entre mon frère, mon meilleur ami, mon protecteur, qui me faisait passer du chocolat en douce après mon entraînement de danse, le Ty que j'ai perdu en route, et cet étranger face à moi. Quand il a sorti mes chaussons de danse pour montrer à papa que je n'avais jamais arrêté le ballet, il s'est tenu en retrait et l'a laissé me frapper jusqu'à ce que je croie mourir. Qui est cette personne que j'appelle mon frère ? Je ne sais même plus qui nous sommes. Mais concernant ce que nous avons été l'un pour l'autre, je peux peut-être faire quelque chose. Si quelqu'un peut l'atteindre, c'est moi. Je dois essayer.

Je me lève. Personne ne me remarque. Tous les yeux sont rivés sur Tyler et sa prochaine victime.

— Tyler.

Ma voix n'est qu'un murmure rauque. Je déglutis avec peine. J'ai des fourmis dans la colonne et au bout des doigts.

Des chuchotements autour de moi. Des têtes se tournent. Le silence rompu me donne de la force. Je m'éclaircis la gorge à nouveau, avant que Tyler puisse tirer sur un autre élève à ma place.
— Tyler. Je suis là.

CJ Johnson
@CadetCJJ
Je ne trouve pas mon frère. Mes amis meurent. C'est l'enfer #LycéeOpportunity
10 h 21

CJ Johnson
@CadetCJJ
Il dit qu'on a brisé sa vie et que nous n'allons jamais nous échapper. #LycéeOpportunity
10 h 21

Jim Tomason
@JTomasonSTAR
@CadetCJJ Croyez-vous que le #LycéeOpportunity est à blâmer pour ce qui se passe ? Nos reporters aimeraient vous contacter.
10 h 22

CHAPITRE ONZE

10 h 22 – 10 h 25

TOMÁS

Les coups de l'autre côté de la porte complètent ma chanson. Je toque à nouveau. Elle répond. Elle. Sylvia. Je savais qu'elle était dans l'auditorium, comme une bonne élève, mais la confirmation me tue. Comment faire pour transmettre « Je suis revenu pour toi » dans ces fichus coups ? Comment lui dire que je vais la sortir de là ?

Je pose ma paume contre la surface lisse de la porte. Sylvia et moi, nous nous sommes à peine parlé cette année. Elle était ma complice pendant tout le collège et au début du lycée, alors même qu'elle trompait tout le monde en faisant croire qu'elle était un ange – y compris quand elle est tombée amoureuse d'une meuf blanche et maigrichonne.

Après l'annonce de la maladie de *mamá*, Sylv est devenue plus sérieuse. Puis elle a passé quasiment tout l'été dernier enfermée, retirée du monde. C'est là que je l'ai perdue. Elle me regarde parfois et j'ai l'impression que nous vivons dans deux mondes différents. Mais les rares jours où nous nous retrouvons, je me rappelle ce que ça fait de former une famille.

Elle toque à nouveau, lentement. Je peux sentir les vibrations sous ma main. C'est une autre mélodie, celle d'une berceuse espagnole que notre mère nous chantait quand nous étions minuscules. C'est lent, triste et plein d'espoir, et putain ça me fait sourire.

Un autre coup de feu interrompt notre chanson.

Silence.

Non. Non. *Non.* Si je pouvais transpercer la porte à coups de griffes, je le ferais. Je me mords la lèvre pour m'empêcher de crier. Nous pourrions aussi bien être séparés par un abîme – moi, tapi contre le linoléum froid, et elle, à l'intérieur sur une moquette usée.

J'attrape le marteau. L'alternative à crocheter la serrure, c'est la forcer. Si je tape l'arceau correctement, il devrait s'ouvrir. Le bruit va alerter les gens à l'intérieur, mais je ne sais plus si ça a encore de l'importance. Si je n'ouvre pas ces portes, ils vont mourir. Nous sommes déjà dans le pire des scénarios.

Je force ma respiration à ralentir et je détends mes épaules. Je tiens le marteau à deux mains. Il ne me servira à rien face à des flingues, mais il me fera le plus grand bien face à cette maudite porte.

Je vise le cadenas et je m'écarte.

— Non !

Le murmure sonore de Fareed m'atteint avant que je prenne de l'élan. Il est tout rouge, ses cheveux collés au front. Il étreint la pince coupante alors qu'il se penche en avant pour reprendre son souffle.

— Des sirènes au loin. La police sera bientôt là.

Je recule. Du bout de ma manche, j'essuie les larmes qui ont jailli au coin de mes yeux. Enfin. Nous avons besoin de la police ici, *immédiatement.*

— Les portes sont ouvertes ?

Fareed hoche la tête.

— Deux d'entre elles. Couper toutes les chaînes prendrait trop de temps, mais nous pouvons diriger les gens vers l'extérieur. C'est mieux que rien.

Je jette un œil aux portes. Que Fareed le veuille ou non, ses mots me blessent. Il a fait ce qu'il avait à faire, et j'ai échoué – en beauté. Je lui prends la pince coupante. Ce n'est pas le moment de me faire des reproches.

— Faisons-les d'abord sortir.

Sans plus de commentaire, Fareed s'approche et me presse l'épaule. Puis il se place sur le côté de la porte et soulève la chaîne, les mains écartées pour pouvoir tenir les bouts une fois que je l'aurai coupée. Je place les lames de chaque côté du maillon, et je serre de toutes mes forces.

·······

CLAIRE

Des parasites crachent à la radio. Des codes vont et viennent entre le quartier général et les premiers intervenants. Ce serait tellement plus simple si je ne comprenais pas ce qu'ils racontaient, mais tous les commentaires sont en termes clairs. Mentions d'autres voitures, d'un barrage routier. Opportunity n'a que deux véhicules de police et les renforts des autres villes sont insuffisants. Des hélicoptères. Mention d'équipes du SWAT préparant une unité d'intervention sur le parking. Discussion pour savoir si une équipe de déminage est nécessaire.

Et Matt est au beau milieu de tout ça.

Rien ne paraît réel. Rien ne ressemble à ce qui pourrait nous arriver à nous, à qui que ce soit que nous connaissons. Pas à Opportunity, Alabama. Nous avons nos vols occasionnels, bien sûr. Nous avons eu notre lot de voitures brûlées il y a quelques années. Mais les voix à la radio semblent se préparer à assiéger l'école.

Notre policière ne répond pas, sauf pour un « bien reçu » de temps en temps. Ses yeux sont focalisés sur la voiture devant elle et ses mains serrent le volant.

À côté de moi, Chris regarde ses doigts. Je lui parlerais bien mais je ne sais pas quoi dire. J'ai trop de questions.

Le côté de la route se brouille à ma vue. Ce qui nous semblait une étendue sans fin se fait en seulement une ou deux minutes en voiture – peut-être même moins. Bientôt, nous serons de retour au lycée d'Opportunity, et pour la première fois depuis que j'y ai commencé ma scolarité, cette pensée me rend physiquement malade. *Qu'est-ce qui nous attend ?*

Je détache mes yeux de la vitre et m'éclaircis la gorge.

— Qui vous a appelés ? Était-ce quelqu'un de l'équipe d'athlétisme ?

Au moins, l'un d'entre nous a réussi, malgré tout. J'ai toujours su qu'ils pouvaient le faire.

Il faut un moment à notre policière pour comprendre que c'est à elle que je m'adresse. Elle me regarde. Une vague d'inquiétude dans ses yeux me fait me demander l'âge qu'elle a, si elle a des amis ou de la famille à Opportunity. Il ne faudra pas longtemps avant que toute la ville attende anxieusement devant les grilles de l'école. Ici, les nouvelles se répandent comme un feu de forêt. *Papa et maman sont-ils déjà au courant ?*

La policière secoue la tête.

— Nous avons reçu un appel de l'intérieur de l'école. Plusieurs appels, en fait.

— Oh.

J'ai la tête qui tourne. *Est-ce que les personnes qui ont contacté la police ont réussi à sortir ? Étaient-elles en sécurité quand elles ont téléphoné ?*

— Savez-vous si quelqu'un...

Je n'arrive pas à finir ma phrase.

La policière s'éclaircit la gorge.

— Je ne suis vraiment pas censée discuter de ça avec vous. Un de nos responsables vous tiendra au courant dès que nous aurons délimité le périmètre.

Je peux entendre ce qu'elle ne dit pas, *Parce que nous ne voulons pas lancer une vague de panique générale ou divulguer des informations sans confirmation.* Mais j'ai besoin de savoir à quoi m'attendre.

Chris pose sa main sur la mienne.

— Nous ne vous demandons pas de nous raconter les détails, madame l'agent, dit-il de sa voix la plus polie.

Tout le monde voit toujours Chris comme quelqu'un de confiance – il est traité en adulte alors que la plupart des lycéens sont vus comme des enfants.

— Nous voudrions simplement savoir où se trouvent nos amis et s'ils sont en sécurité.

....

SYLV

Jamais petits coups ne m'avaient semblé aussi beaux, mais l'espoir s'accompagne d'une nouvelle peur. Tomás pourra peut-être nous aider. Malheureusement, seulement au péril de sa vie. Nous sommes pris au piège, cependant la pensée qu'il puisse être en danger – à cause de moi, toujours et encore à cause de moi – m'étouffe. Il ferait mieux de partir en courant et de ne jamais se retourner.

À chaque pas qui rapproche Autumn de Tyler, j'aimerais que Tomás recule. Je ne peux pas les perdre tous les deux. Même s'il est plus jeune que moi de quelques minutes, Tomás a toujours été mon protecteur. Il a été le frère qui m'a prise sous son aile quand Seve s'est enrôlé et que Félix est parti travailler à Birmingham, le frère qui m'a attiré des ennuis en premier et celui qui m'en a tirée. Jusqu'à l'été dernier, je n'ai jamais eu peur avec Tomás près de moi.

De l'autre côté de ces portes, il est en sécurité.

La vie ne se limite pas à ces murs, et Tyler ne peut pas tout détruire. Je dois y croire. Je peux protéger Tomás en le repoussant.

Parce que je ne peux plus protéger Autumn.

Mes doigts suivent les formes sur le panneau de bois tandis que mes yeux suivent Autumn. Elle bouge avec fluidité, bien que chaque pas la rapproche d'une mort certaine.

Quand Tyler tire un autre coup dans l'auditorium, elle tressaille mais ne s'arrête pas. Voilà ce qu'est notre monde à présent : les morts, les disparus, les blessés. Aurais-je pu y faire quelque chose ? Aurais-je pu empêcher ça ?

Au bal de promo, Tyler a marché vers moi sur la piste de danse. Bien qu'Autumn et moi ne le voyions quasiment plus, et qu'il m'ignore complètement à l'école, il voulait danser avec moi.

Il a exigé *une danse avec moi.*

Ce n'était pas la première fois qu'il essayait de flirter, mais je ne pouvais pas danser avec Autumn et je ne voulais pas danser avec lui. Il m'intimidait, et l'idée même d'être proche de lui me mettait sur les nerfs. Je l'ai éconduit et j'ai fui à l'extérieur pour prendre l'air.

Il m'a suivie.

« Ne fais pas comme si tu n'étais pas intéressée. J'ai vu la façon dont tu me regardes, ta façon de bouger. Tu as envie de moi. Ne le nie pas. »

Quand il a posé sa main sur mon bras, je me suis retournée pour lui mettre un coup de coude.

Il m'a attrapée et plaquée au mur.

« Ne t'approche pas de ma sœur. — Casse-toi, Ty. »

Je l'ai frappé au tibia.

« Je te méprise. Éloigne-toi de moi. »

Il ne l'a pas fait. Mais cette fois, moi oui.

D'après les histoires de *brujería*, de sorciers et de sortilèges d'*abuela*, Tyler serait possédé. Le chagrin aurait laissé entrer l'obscurité, et cette obscurité le consumerait. C'est le cas, et là, elle nous détruit tous.

Maintenant, il va se servir d'Autumn pour m'atteindre.

Tyler a pour plan de se venger et il va y arriver – non pas en nous tuant nous mais en tuant tous ceux auxquels nous tenons.

....

AUTUMN

Ty se débarrasse de sa casquette et lisse soigneusement ses cheveux. Il regarde toujours le garçon recroquevillé, un léger sourire aux lèvres.

— Matt, tu ne veux pas venir jouer ? demande-t-il. J'ai un compte à régler avec ta sœur. Et avec la mienne, qui n'était même pas censée être ici aujourd'hui.

— Ty.

Je l'appelle à nouveau pour être sûre qu'il m'entende. Mon cerveau me crie *Danger*, me hurle de partir me cacher en courant et de prier qu'il ne me trouve jamais. Mais je garde la tête haute.

Ty prend l'expression que mon père a conçue pour les clients à problème – professionnalisme et pur dégoût à parts égales.

— Tu t'attends à ce que je crie à travers la pièce ? Ta mère ne t'a pas mieux élevée que ça ?

Je serre les poings, mais maîtrise la vague de colère. Je fais un pas, lentement. Puis un autre.

Quelqu'un me caresse la main en signe de soutien.

Encore un pas. Un de plus. Ty se détourne de Matt et lève le canon vers moi. Il sourit d'un air suffisant.

Plus je m'approche, plus Ty – mon Ty – s'éloigne de moi.

Dans notre cuisine équipée qui n'a pas évolué depuis les années soixante avec ses murs vert vomi, Ty a grimacé à une des mauvaises blagues de papa. Il ne rit plus que rarement, mais quand ça arrive, ses yeux s'illuminent.

« Je crois que j'avais besoin d'un temps d'évaluation, a dit Ty de sa voix douce et prudente. Je comprends maintenant que ce que j'attendais du lycée n'était pas réaliste. Je crois que je peux arranger les choses. »

Il a coupé méthodiquement la viande dans son assiette, positionnant les morceaux de la taille d'une bouchée en rangs nets.

« *Je suis heureux d'entendre ça, fiston* », a répondu mon père.

Il ne m'a jamais appelée « fille », mais il appelait Ty « fiston ».

« *Ton grand-père disait toujours que cette ville pouvait être un endroit difficile à vivre, mais il faut se battre. Un garçon s'enfuit quand les choses deviennent difficiles. Il faut un homme pour affronter un problème de front.* »

Parce que c'est exactement ce que faisait papa. Il affrontait sa tristesse. Ce n'est pas comme s'il se cachait dans l'alcool et la colère, effrayant la moitié des clients de la boutique Browne avec son humeur exécrable. M'effrayant, moi. Pas du tout. Pas mon papa. J'aurais levé les yeux au ciel si je n'avais pas eu peur qu'il me surprenne.

« *Oui* », a répondu Ty.

J'ai gardé les yeux rivés sur mon assiette sans piper mot.

Rétrospectivement, ni papa ni moi ne savions ce que Ty pensait. Je croyais qu'il allait arranger les choses avec Tomás et Claire. J'étais contente. Il ressemblait enfin à celui qu'il était. J'avais tort.

Un coup de feu au-dessus de ma tête me tire de mes pensées.

Je regarde un inconnu. Ce n'est pas la même personne qui m'a montré la grange abandonnée près des champs de coton, où je pouvais danser en secret. Ce n'est pas la même personne qui m'a acheté des pointes quand les anciennes étaient trop usées pour être utilisées. Il ressemble peut-être à Tyler, il a sa voix, mais ce n'est pas la même personne.

Ça ne se peut pas.

— Avance ou j'abats le garçon.

C'est un étranger.

Avec toute mon attention sur l'allée, j'approche de deux, trois pas. À l'avant de l'auditorium, je me mords la lèvre en passant au-dessus du corps d'une fille à peine plus âgée que moi. Quand j'atteins la scène, l'horreur absolue me frappe, et je manque de me plier en deux. Les corps d'une demi-douzaine de professeurs gisent ici, et trois autres qui sont blessés sont pris en charge par leurs collègues. Un élève de seconde est affalé contre le mur, les traits tirés, du sang s'écoulant d'une blessure à l'épaule. Le corps sans vie de Nyah n'est qu'à quelques mètres.

Je me fige. Je ne peux pas m'approcher plus, même si c'est la seule chose à faire. Je déglutis.

— *Pourquoi*, Tyler ?

Avec ses yeux clairs sur moi, il s'avance, et toute personne se retrouvant aussi proche de lui que je le suis pourrait voir la même chose. Son regard est dépourvu de sentiment, d'émotion – d'humanité.

Il tend le bras, agrippe une poignée de mes cheveux et me traîne sur la scène.

— Pourquoi ne pouvais-tu pas juste m'écouter ? me demande-t-il de façon à ce que je sois la seule à l'entendre.

Je chancelle, mais Tyler semble s'en moquer.

— Tu te crois tellement spéciale, pas vrai ? ajoute-t-il, hargneux. Tu en as encore quelque chose à faire de qui que ce soit ? De ta famille ? De ta petite amie tellement exceptionnelle ? Ou tu te soucies seulement de toi ?

Il pointe son arme vers ma jambe.

— Pitié, ne fais pas ça.

Mes joues me brûlent tellement que mes larmes s'évaporent. Mais je me ressaisis et le regarde droit dans les yeux.

— Je t'aime, je murmure.

Il sourit alors. Ses yeux pétillent. Il est le Ty que j'ai connu. Et ça me brise.

À : Sœurette
Viens me chercher. Je veux rentrer à la maison.
Je veux rentrer à la maison. Pitiépitiépitiépitié.

CHAPITRE DOUZE

10 h 25 – 10 h 27

CLAIRE

Quand j'aperçois le portail du lycée d'Opportunity, notre voiture s'arrête sur le bas-côté de la route. D'autres véhicules de police nous dépassent. Se tournant sur le siège conducteur, la policière nous regarde de haut.

— Quand nous arriverons à l'école, il va y avoir un périmètre de sécurité. Vous devez vous tenir en dehors à tout moment, compris ?

Elle attend notre approbation.

— L'un de nos responsables va venir vous parler. Il voudra savoir ce que vous avez vu, entendu, tout ce qui pourrait aider. Nous pouvons compter sur votre pleine collaboration ?

Chris me regarde, et je redoute de devoir parler de Tyler. Le Tyler que je connaissais. Le Tyler que j'ai mal jugé. Je n'en ai pas envie, mais comment puis-je rester silencieuse ?

— Oui, m'dame.

— Nous allons mettre en place un centre d'intervention d'urgence en ville, comme ça vous aurez un endroit où aller.

À ces mots, son sourire est un peu désabusé, et pour la première fois, elle a l'air d'une grande sœur inquiète, pas d'un agent qui suit le protocole.

— Je comprends que vous vouliez savoir ce qui se passe. Ce serait pareil pour moi si mes amis étaient coincés dans cet auditorium. Mais pour le moment, nous ne pouvons pas vous donner d'information. Je vous fais confiance pour ne pas interférer dans notre travail ?

Chris est le premier à hocher la tête, et je me force à répondre :

— Bien, m'dame.

J'hésite avant d'ajouter :

— Nous pouvons aider. Nous pouvons dessiner des plans. Vous montrer...

— Non, c'est trop dangereux, m'interrompt-elle. Nous avons le plan des étages. Nous ferons de notre mieux pour vos amis. Nous allons essayer de garder tout le monde en sécurité, mais vous ne pouvez pas être impliqués.

Le froncement de sourcil sur son visage plein de taches de rousseur se dissipe, et sa voix s'atténue. D'un bref hochement de tête, elle se retourne vers le pare-brise. Un dernier regard par-dessus son épaule et elle reprend la route, nous laissant silencieux sur la banquette arrière.

Coincés dans l'auditorium. C'est logique. La fusillade a commencé juste au moment où le discours de la principale Trenton devait se finir, mais pour je ne sais quelle raison je n'avais pas imaginé ça. La panique et les gens courant dans les couloirs, oui. Toute l'école piégée et Tyler avec un pistolet ? Même dans mes pires angoisses, je n'avais pas envisagé ça. Et j'aimerais ne pas savoir. L'auditorium n'est pas un terrain de chasse ; c'est un stand de tir.

C'est une morgue.

J'enroule mes doigts autour de ceux de Chris et je me penche vers lui. Nous sommes encore plus chanceux d'avoir échappé à la réunion que je le croyais. S'il n'y avait pas Matt, je n'aurais qu'une idée en tête : rentrer à la maison, en sécurité. Je me terrerais, j'appellerais Trace et j'attendrais que ce cauchemar se termine.

Au lieu de ça, la voiture ralentit et entre sur le parking.

Sur le siège avant, la policière salue un agent qui pose un ruban autour de ce qui doit être leur périmètre et lui fait signe de continuer. Ses mains prennent la radio.

— Vingt-trois. Arrivée sur les lieux.

Et juste comme ça, nous sommes de retour à l'école.

……..

SYLV

Je suis folle de rage ; ma peur part en fumée. Si Tyler touche à un cheveu d'Autumn, s'il lui fait du mal, je le maudirai avec les esprits d'*abuela* et toute mon âme. Je le tuerai, même s'il me tue le premier.

Déchirée entre Tomás derrière moi et Autumn devant, l'air se comprime et je n'arrive plus à respirer, je n'arrive plus à respirer, je n'arrive plus à respirer.

À l'autre bout de l'auditorium, deux professeurs se lèvent lentement. Une poignée d'élèves à quelques pas d'eux font de même. Au milieu de ce groupe se trouve la fille qui a aidé à nous enfermer.

Toute sa bouche est féroce.

Je pensais que les murs empêchaient le courage d'entrer mais en réalité, ils le gardent peut-être à l'intérieur. Nous ne nous battons pas uniquement pour survivre – nous nous battons pour l'espoir et des milliers de lendemains.

Au bout de la scène, Autumn se tient face à son frère. Ses yeux passent rapidement du pistolet à Tyler et inversement. Des murmures tourbillonnent autour de moi. « Il a dit "petite amie" ? » « Mais elle... » « Tu crois qu'il parlait de... »

Je presse mes genoux contre ma poitrine d'un bras et j'attrape mon sac de l'autre, comme s'il pouvait me protéger.

Autumn n'en avait que pour la danse. Autumn n'en avait que pour moi. Mais elle n'a jamais parlé de l'un ou l'autre à qui que ce soit. Trop effrayée qu'Opportunity puisse désapprouver. Trop effrayée par la certitude que sa famille le ferait.

Non pas que leur désapprobation ait changé quoi que ce soit. Leurs relations étaient déjà brisées.

Mais Autumn ne révèle jamais ses sentiments. Ni peur. Ni colère. Ni joie, sauf quand elle danse. Elle est trop bien entraînée, trop attentive pour faire une erreur et laisser une chance aux gens de lui faire du mal, mais je vois sa douleur. Je l'ai toujours vue. J'aimerais simplement qu'elle puisse me voir comme avant.

Pour le quinzième anniversaire d'Autumn, Mme Browne nous a emmenées à Birmingham pour voir une représentation en matinée. La mère d'Autumn devait retourner quelques mois plus tard au Royaume-Uni comme conseillère particulière sur une nouvelle production du Royal Ballet – bien qu'elle n'y soit jamais arrivée.

Autumn et moi avions encore la chance merveilleuse d'ignorer les événements à venir. Elle était si excitée de voir Casse-Noisette *qu'elle en a parlé durant des jours. J'étais bien plus excitée à l'idée de voir Birmingham et de manger dans un restaurant chic. Alors que le budget avait toujours été serré dans ma famille, ce n'était pas le cas dans celle d'Autumn. Pas à l'époque.*

Quand la musique a commencé et que le rideau s'est levé, le visage d'Autumn s'est illuminé. On aurait dit une étoile tant son visage rayonnait.

Je crois que c'est à ce moment que je suis tombée amoureuse d'elle.

Sur scène, la pendule a sonné minuit et Casse-Noisette a pris vie, avançant bravement ses hommes de pain d'épices et ses soldats de plomb face à l'armée du roi des souris.

Sauvé de la mort par une pantoufle, Casse-Noisette se battait, Autumn souriait, et mon cœur se mourait d'envie. J'ignorais si elle ressentait la même chose, mais après l'entracte, quand les lumières ont décliné, ma main s'est approchée de la sienne. Elle m'a regardée, puis a serré mes doigts. Dans la pénombre, nous nous sommes tenu la main pour le reste de la représentation.

J'étais tellement heureuse.

C'est la seule et unique fois où nous avons montré nos sentiments sans réfléchir.

Six semaines plus tard, Mme Browne a perdu le contrôle de son véhicule en allant chercher Autumn à son cours de ballet. Cause du décès : épuisement. Même chez elle, elle travaillait durant de longues heures et dormait à peine. Cette nuit-là, le gel avait rendu les routes glissantes, et la police a dit qu'elle avait dû s'assoupir avant qu'une plaque de verglas n'envoie la voiture dans un tête-à-queue. Elle ne s'est jamais réveillée.

Au moins, je pouvais être celle que je voulais chez moi. Quand *mamá* a commencé à perdre ce qui faisait d'elle qui elle était, elle nous a dit qu'elle voulait se souvenir de nous heureux.

Elle ne voulait pas qu'on abandonne sans se battre.

J'espère qu'elle se rappellera de nous, aimés.

Je me lève lentement. Je peux accepter ce que Tyler m'a fait, mais je ne resterai pas sans réagir pendant qu'il fait du mal à Autumn. Elle a trop souffert. Elle doit savoir qu'elle est aimée.

....

TOMÁS

La chaîne ne se casse pas. La pince coupante bouge à peine sous mes doigts. Je n'aurais pas dû sécher le cours d'EPS. Le peu de force que j'ai vient d'un été passé à planter des piquets de clôture. J'ai toujours pensé que l'adrénaline me permettrait de déplacer des voitures et de casser des planches de bois à mains nues. Peut-être que je ne suis pas assez tendu. Peut-être que je suis tellement stressé que je perds les pédales.

Les poignées de la pince coupante se rapprochent lentement. Graduellement, graduellement.

Clac.

Je grimace.

Un demi-maillon de fait.

Fareed sourit pour m'encourager. Il tourne la chaîne et je positionne la pince coupante. Cette fois-ci, c'est plus facile. Je sais à quoi m'attendre et ma prise est meilleure.

Clac.

Une fois le maillon coupé, je pose la pince au sol et prends un bout de la chaîne des mains de Fareed. Pas besoin de parler pour faire ça. Aussi silencieusement mais aussi rapidement que nous osons le faire, nous enlevons la chaîne des poignées – un, passe dans la boucle, deux. Le métal résonne contre la porte, et chaque fois, nous retenons notre respiration. Tant qu'elle reste stable, le son ne devrait pas porter.

J'espère.

Quand nous défaisons la dernière boucle, Fareed va à l'autre bout du couloir pour poser la chaîne en boule par terre.

Je regarde la porte. Ce serait tellement simple de l'ouvrir en grand. Malheureusement, un jeu de portes ne suffit pas. Je ramasse la pince coupante, et j'attends que Fareed prenne place près de la porte suivante. Savonnez, rincez, recommencez. Mieux vaut ouvrir deux jeux de portes. Plus d'élèves pourront sortir. Et puis, la police sera bientôt là. Nous n'avons qu'à tenir le coup un peu plus longtemps.

Je respire fort quand les lames coupent le maillon suivant. Pas étonnant que Fareed ait été aussi rouge tout à l'heure. Mes mains tremblent sous la pression.

— Allez, dit Fareed doucement. Plus qu'un coup.

Je hoche la tête.

— Si tu veux que je prenne le relais…

Il fait un geste vers la pince, mais je positionne les lames autour de la chaîne. Il a raison – plus qu'un. De plus, ces portes sont les miennes. Si je ne fais qu'un truc bien aujourd'hui, ça doit être ça. Donner à Sylv et tous les autres cette seule chance de quitter l'enfer.

Clac.

....

AUTUMN

— Je t'aime, dis-je plus fort cette fois. Tu es mon frère. Mon meilleur ami.

Mes mots font pression contre le mur que Ty a érigé autour de lui. Son pistolet est toujours dirigé vers ma jambe, et il pourrait tout aussi bien me menacer de mort.

— Tu es tout pour moi.

Ses yeux remontent sur mon visage. Tant qu'il se concentre sur moi, l'auditorium est en sécurité. Tant qu'il se concentre sur moi, je peux peut-être l'atteindre. Si je dois mentir pour ça, je le ferai.

— Je te jure, je ne voulais pas que ça change entre nous. Que nous est-il arrivé, Ty ?

Ses yeux s'assombrissent.

— J'ai tout perdu.

— Tu ne m'as jamais perdue, je murmure.

J'ai besoin d'un signe, d'une preuve que malgré ses actes, il reste mon frère.

— Tu étais ma seule famille quand tout a basculé. Je sais que ça a été dur pour nous deux, mais tu m'as fait croire qu'accomplir le rêve de maman – *mon* rêve – était toujours possible.

Si j'avais su qu'il se sentait aussi perdu que moi, aurais-je fait les choses différemment ? C'est Sylv qui me donnait la force, la danse qui me donnait un but. Mais...

— Seigneur, Ty, tu me manques tellement.

Si seulement il m'avait laissé une place. Si seulement il s'était confié à moi.

Ty cligne des paupières.

— Croire en ton rêve ?

— De partir d'ici.

Une seconde après que les mots ont quitté ma bouche, je me rends compte de mon erreur. Ty se met à rire, de plus en plus fort.

— Je voulais être le prétexte pour te faire rester à la maison. Je n'ai jamais voulu te faire de mal, dit-il en secouant la tête. Mais ça t'est égal, pas vrai ? Après la mort de maman, je n'avais plus personne. Tu sais ce que ça fait d'être tout seul ?

Je me mets hors de la ligne de mire sans pour autant rompre le contact visuel.

— Bien sûr que ça ne m'est pas égal. Bien sûr que je sais. J'ai perdu autant que toi. Mais ça n'avait pas à être ainsi. Tu avais papa et moi. Tu avais Claire. Tu avais des amis.

— Mensonges ! Ils m'ont tous quitté. Je voulais faire partie de ta vie, et tu m'as repoussé, toi aussi. À présent, il est trop tard pour regretter.

Je serre les poings, déglutis, la colère et la peur s'emparent de moi.

— Comment aurais-je pu te repousser quand tu n'étais jamais là ? *Tu m'as dit que tu allais me protéger.*

— Tu m'as dit qu'il n'y avait rien qui te poussait à rester ici. Pas même moi.

Va te faire voir, Ty.

— Et donc tu as décidé que papa devait me donner une bonne leçon ?

J'imite sa voix en me rappelant son sourire et son calcul minutieux.

— C'était une erreur. Je t'ai dit que j'étais désolé. Pourquoi tu n'écoutes jamais ?

Il presse la détente. Une balle se plante dans la scène à côté de moi, et je retiens un cri. La magie entre nous est rompue.

— C'est ta faute, dit-il. Tout ceci est ta faute.

Les Aventures de Mei
Position actuelle : Sur le chemin du retour

>> Opportunity est un bon lycée. J'y étais heureuse. Peu importe ce que vous entendez aujourd'hui, l'école, notre ville, n'est pas le problème. N'essayez même pas de nous faire des reproches. Vous n'avez aucunement le droit de nous juger.

Commentaires : <37>

Mei, que penses-tu des accusations selon lesquelles l'école aurait pu faire quelque chose pour empêcher ça ? T'est-il déjà arrivé de ne pas te sentir en sécurité là-bas ?

OMG TU SAIS PAS LIRE ?!

J'ai toujours adoré les cours de ton père. J'espère que tout va bien pour lui – et pour toi.

Pouvez-vous appeler notre assistance téléphonique pour y laisser vos nom et numéro de téléphone ? Cela nous aiderait de savoir qui est à l'intérieur ou non. Vous pouvez également vous présenter à un des officiers sur les lieux. Ils sauront vous aider.

CHAPITRE TREIZE

10 h 27 – 10 h 28

TOMÁS

Tout est une question de timing. Si nous ouvrons les portes trop largement, ça se verra. Si nous sommes trop lents, tout le monde ne pourra pas sortir.

Fareed prend position au niveau du second jeu de portes, et je m'accroupis à l'endroit où Sylvia et moi tapions notre code. J'entrouvre le battant. Des murmures, des sanglots, des jurons étouffés filtrent.

De l'autre côté, je l'aperçois. Ses longs cheveux noirs obscurcissent son visage et elle est debout, les bras autour de la poitrine. Mais elle est *en vie*. Le soulagement me parcourt. C'est tout ce qui compte.

Ses yeux sont rivés sur ce qui se passe sur scène. Alors que je rampe par l'ouverture, je suis son regard.

Et la première chose que je vois, ce sont des cadavres. La principale Trenton. M. Herrera, notre prof d'espagnol. D'autres profs. D'autres élèves. Après avoir trouvé Neil, après avoir entendu tous ces tirs, ces morts ne devraient pas me surprendre. Pourtant, si.

Et au beau milieu de tout ça, Tyler. Tyler que je croyais inoffensif. Il se raccroche à son flingue avec un sourire qui me glace le sang. *Il est dangereux*, m'avait dit Sylv. Ce qu'elle ne disait pas était tout aussi clair – il la terrifiait. Était-ce pour ça ? Avait-elle deviné ce dont il était capable ?

Je serre les poings, et tout mon être me crie de l'attaquer.

Mais ses yeux fixent sa sœur. Tant qu'Autumn le distrait, elle garde le reste de l'auditorium en sécurité. Et avec ces portes ouvertes, nous avons d'autres chats à fouetter. Nous pouvons faire sortir les gens.

Je pose ma main sur l'épaule de ma sœur. Sylv se retourne. Sa surprise et le soulagement qu'elle éprouve en me voyant sont les plus belles choses au monde. Je la prends dans mes bras et la serre fort. Elle fait de même, ce qui me donne l'impression de ne peut-être pas être un raté, en fin de compte.

Je fais un signe vers la porte. Elle acquiesce de la tête et tapote l'épaule du type devant elle.

Une porte de faite, Fareed avertit la fille la plus proche de lui. Nous rampons dans l'auditorium alors que les tapes sur l'épaule s'étendent dans la salle. À cause du choc, de la peur ou du bon sens, personne ne se lève pour se précipiter vers la porte. Au contraire, les élèves reculent avec précaution. Ceux qui sont assis comme s'ils étaient encore à la réunion s'assurent que leurs sièges ne grincent pas en se rabattant. Ils s'approchent des allées et des issues, prêts à s'envoler.

Sylv se fraie un chemin vers le bloc de sièges suivants, faisant passer le message, un signe silencieux à la fois. Et même si j'ai envie qu'elle coure, qu'elle sorte d'ici saine et sauve, je suis heureux de la savoir avec moi pour affronter ce qui va suivre.

....

AUTUMN

— Oh, Ty...

Mon frère – le garçon perdu.

Dans l'auditorium, des gens quittent leurs sièges pour rejoindre les portes. Je n'ose pas regarder trop attentivement de peur d'alerter Ty. Mais tant qu'il garde les yeux sur moi, qu'il fulmine contre moi, les gens derrière lui ont une chance de s'échapper. Et tant que je le regarde, je peux faire comme si le reste de l'auditorium n'existait pas. Je peux m'ouvrir.

La nuit de la mort de maman me revient. Elle était à la maison, entre deux voyages en Europe, et elle partait de plus en plus longtemps. Elle était tellement fatiguée. Je ne voulais pas qu'elle me conduise – je lui ai dit que je pouvais manquer mon cours, mais elle a insisté. Je devais m'entraîner. Elle ne croyait pas en perdre son temps. C'est peut-être pour ça qu'elle voyageait en permanence.

Peut-être aussi qu'elle fuyait, tout simplement.

Après le cours, je l'ai attendue, mais elle n'est jamais arrivée. Les autres parents sont venus récupérer leurs enfants. J'ai appelé à la maison, et Ty m'a dit que maman était en route. Mais personne n'est venu. Jusqu'à ce que la police me trouve, somnolant dans le vestiaire.

À ce moment, maman était déjà partie.

Et j'étais la seule à blâmer.

— Je sais que c'est ma faute, je murmure. Il n'y a pas un jour où maman ne me manque pas. J'aimerais revenir en arrière et recommencer cette journée. Mais je ne peux pas.

Je *ne peux pas*. Je peux seulement accomplir sa volonté, et elle voulait que je danse, Ty. Tu sais à quel point la danse comptait pour elle.

— Et donc tu as continué à danser.

— C'est ma façon de me la rappeler. De me sentir proche d'elle.

Je m'accroche au premier souvenir qui me vient en tête.

— Tu te rappelles que nous sommes allés voir *Othello*, l'an dernier ? Tu te souviens, tu nous as conduits à la rivière après le spectacle, et nous sommes restés à regarder le soleil couchant ? Le ciel était parfaitement dégagé et tout était paisible. C'était la première fois en un an que je n'avais pas à m'inquiéter à cause de papa. C'était la première fois en un an que je me sentais en sécurité. C'était grâce à toi. Tu m'as sauvée.

Laisse-moi te sauver.

La main au pistolet tremble. Il la baisse, tout doucement.

Pendant un instant, je romps le contact pour regarder son arme. Je ne peux m'empêcher de me demander si un bond en avant me permettrait de la lui prendre, si c'est la façon de l'arrêter.

Ty replace une mèche de cheveux derrière son oreille et secoue la tête.

— Non, Autumn.

Il commence à se retourner, et le temps s'arrête brusquement. Dans les allées, des élèves rampent vers les portes, loin de la protection des sièges. Ils sont des cibles potentielles.

Avant que le bon sens – ou l'instinct de survie – ne fasse effet, je m'avance pour attraper Tyler par les épaules avant qu'il voie ce qui se passe.

— Tyler, regarde-moi. Écoute-moi.

La main au pistolet est saccadée. Ses doigts se serrent sur la détente. Le son se répercute contre les murs et je recule. Le visage de Ty se durcit.

Son bras recule brusquement, et le canon du pistolet cogne ma joue.

Des points lumineux explosent devant mes yeux. La douleur s'étend à tout mon visage. Le sang afflue dans ma bouche.

Je garde une main contre ma joue et je gémis. Le goût de métal me donne des haut-le-cœur. Je crache.

Ty se penche vers moi à tel point que nos visages ne sont plus qu'à quelques centimètres, et je ne peux arrêter de trembler. Le souffle de Ty réchauffe mon visage et me glace les os.

— Il est trop tard pour me sauver.

......

SYLV

Une entaille s'ouvre sur la joue d'Autumn et du sang dégouline. Tyler lève la main et la frappe une seconde fois. Elle redresse ses épaules et le défie du regard. *Ne résiste pas. Ne lui résiste pas.*

Nous allons le battre. Tomás et moi. Nous allons l'arrêter. Nous sauverons tout le monde.

Nous allons créer notre propre *happy end*.

Je tente d'attraper la main de Tomás – mais il est déjà trois rangs plus bas. Autour de moi, des élèves se déplacent. Je me glisse vers un groupe de secondes blottis les uns contre les autres. Je tapote leurs épaules, pose un doigt sur mes lèvres et fais un signe en direction des portes.

Nous ne sommes pas encore sortis de l'école – loin de là. Mais une fois hors de l'auditorium, nous serons plus près. Il y aura des issues partout autour de nous.

À travers la pièce, Fareed attire mon attention. *Bien sûr*, il est ici avec Tomás. Il me fait un signe de soutien silencieux de la tête, et pendant un instant, j'ose espérer que tout ira… non pas bien. Rien n'ira plus jamais bien… mais que tout sera possible.

Nous nous échappons.

L'adrénaline me gagne.

La fille à côté de moi semble être la plus jeune du groupe. Ses yeux sont pleins de larmes, mais son visage se fend d'un sourire tellement large que mon cœur saigne. Elle laisse son sac et suit ses amis entre les sièges. Ils se glissent derrière moi en direction de la porte.

Se tenant les mains, ils s'échappent dans le couloir. Ils sont sortis. *Madre de Dios*, c'est réel.

....

CLAIRE

De l'extérieur, le lycée d'Opportunity ressemble à un bâtiment démodé, avec ses murs en briques rouges et ses grandes fenêtres. La plupart des salles de classe sont situées au rez-de-chaussée tentaculaire tandis que la bibliothèque, les salles de sciences et les salles d'études se trouvent à un étage de taille inférieure. Le gymnase et les terrains de sport sont visibles de ce côté du parking. L'auditorium se trouve de l'autre côté du bâtiment, près du parking du corps enseignant.

Nous passons près des voitures de Jonah et Tyler et le chagrin me gagne.

La figurine de Matt trône toujours fièrement sur le tableau de bord de Jonah.

Un officier se tient là, il coordonne les véhicules d'urgence juste après les voitures. Tout autour de nous, les gens s'activent. La police a pris les commandes. Des officiers mettent en place un barrage routier. Une énorme tente est érigée devant l'école, avec des fourgonnettes et des voitures garées partout dans l'herbe.

Ça ressemble plus à une opération militaire que n'importe quel entraînement des officiers de réserve. C'est oppressant. C'est un siège.

Notre véhicule est dirigé vers une zone délimitée par des cônes reliés entre eux par un ruban de signalisation. Nous nous garons près d'une des fourgonnettes, et un type plus âgé avec un insigne d'adjoint nous fait signe.

Notre policière – je ne connais toujours pas son nom – nous pousse littéralement dans la bonne direction et murmure quelque chose entre ses dents, bien que je n'arrive pas à distinguer quoi. *Bonne chance*, peut-être. Ou, *je suis désolée*. Les deux semblent adaptés.

Je ne suis pas sûre de vouloir savoir ce qui nous attend.

— Allez, dit Chris doucement. Nous pouvons le faire, sergent. Regarde.

Je relève la tête. Derrière l'adjoint se trouvent trois visages familiers.

Au moins, le coach et les autres vont bien.

Jay
@JEyck32
J'ai séché les cours. Je ne suis pas au #LycéeOpportunity.
SVP arrêtez de me poser des questions. J'ignore ce qui se passe.
10 h 19

Jay
@JEyck32
Je n'y crois pas. Jamais pensé que ça arriverait à notre école.
10 h 19

Anonymous
@OpportunisteQuiSEnnuie
@JEyck32 T'es tellement naïf. Faut pas croire tout ce que racontent les gens. Il y a toujours anguille sous roche.
10 h 19

Jay (@JEyck32) -> Kevin (@KeviiinDR)

Putain, Kev. Dis-moi ktu vas bien.
10 h 20

CHAPITRE QUATORZE

10 h 28 – 10 h 30

TOMÁS

J'avance à quatre pattes, proche du sol, murmurant de façon à ne pas attirer l'attention depuis la scène.

— Les portes sont ouvertes. Ne fais pas de bruit. Préviens les autres. Sors d'ici.

D'autres fois, je me contente de tapoter et de faire signe. L'auditorium est tellement grand et il y a tellement d'élèves que je doute qu'on puisse atteindre tout le monde. Mais chaque vie que nous sauvons compte.

Des profs qui sont assis avec leurs classes indiquent également à leurs élèves de sortir, et, pour une fois, je suis heureux qu'ils soient là.

Le sol est dur sous mes genoux alors que j'avance en rampant, et le tissu rêche m'égratigne les mains. Fareed, lui, est bien plus rapide.

Sur scène, Tyler se penche vers Autumn. Ce n'est pas uniquement le flingue qui le rend imposant. Il est habillé comme s'il allait à un événement officiel. Même de dos, je peux voir que sa chemise est plus classe que tout ce qu'il aurait pu acheter à Opportunity. Son pantalon est repassé. Une cartouche de balles est glissée à sa ceinture.

Il s'est toujours habillé avec soin, mais aujourd'hui il est particulièrement raffiné. A-t-il roulé jusqu'à Tuscaloosa pour choisir ce costume ? Est-ce plus simple de tuer des gens quand on présente bien ? Je jette un œil à mon jean et mon T-shirt déchirés.

Il n'a jamais été des nôtres.

Je n'arrive pas à comprendre Tyler. Je n'en ai pas envie. Mais j'aimerais avoir fait plus que lui enfoncer la tête dans un casier après le bal de promo l'an dernier. Je ferais n'importe quoi pour en finir.

Face à Tyler, Autumn se rapproche de son visage. Elle ne laisse pas paraître si elle m'a vu moi ou les portes ouvertes, mais je pense que si. J'espère que si.

Autumn est si calme et mesurée. Je ne comprends pas toujours ce que ma sœur voit en elle. Ça ne m'empêche pas de vouloir la protéger. Elle rend Sylvia heureuse, et c'est tout ce qui compte.

Après que Sylvia s'est éloignée de moi durant l'été, j'ai discuté avec Autumn. Quand ma sœur a commencé à m'éviter, je voulais m'assurer que quelqu'un veille sur elle. Autumn m'a promis de le faire – et elle a tenu parole.

Là, elle veille sur tout le monde. Tant que Tyler est occupé, nous pouvons mettre les élèves à l'abri.

Je donne une tape au mec à côté de moi, Rafe, notre défenseur. Il tressaille et fait barrière avec son corps pour protéger la fille près de lui. Son visage est strié de larmes. Quand il me voit, il lève les sourcils.

— Sors d'ici. Fuis, je murmure.

Bientôt, *bientôt* nous serons dehors. Tyler nous hantera toujours, mais il ne pourra plus nous faire de mal. Nous nous rappellerons nous être échappés. Un poids quitte mes épaules alors que les gens s'avancent vers l'extérieur. Ça me donne des ailes. J'aimerais pouvoir courir à travers les allées. Le boulot serait fait plus rapidement, mais les gens sur leurs sièges commencent à remarquer le mouvement. L'annonce des portes ouvertes se répand progressivement dans tout l'auditorium.

Je m'approche de la personne suivante. Nous sommes tellement loin de l'entrée à présent, nous sommes des cibles mouvantes. Si je n'avais qu'un rôle à jouer au lycée, c'est celui-là.

C'est comme ça que je façonne l'avenir.

....

AUTUMN

— Je te hais, bouillonne Ty. Tu t'es toujours moquée de nous. Tout ce qui compte pour toi, c'est la danse.

Je me crispe. J'ai envie de le contredire, mais je ne peux pas. La danse est beauté. La danse est compassion, honnêteté. C'est à travers la danse que je partage mes sentiments.

Mais il enfonce le canon de son pistolet entre mes côtes.

— Alors danse. Tu voulais une scène. Prends-la.

Danser face à la haine de Ty est la dernière chose dont j'ai envie, mais avec ses yeux sur moi, les gens de l'auditorium pourront s'échapper.

Je me mets en cinquième. Je ne suis pas échauffée, et la tension dans mes épaules et mes jambes m'empêche quasiment de bouger. Derrière Ty, les visages de mon audience impromptue sont bien plus nets qu'ils ne le devraient – pleins de colère et de jugement. J'ai dépassé le stade de la peur de ne pas être comprise par les gens. C'est la chose à faire pour les aider.

Je me fige. Je ne sais pas quel solo choisir. Pas un de ces solos classiques que maman exécutait. Rien de ce que j'ai préparé pour Juilliard. Si je m'en sors, je ne veux pas qu'il ait souillé ces pas.

Mais je n'ai rien d'autre.

Je passe de la cinquième position à la quatrième. Je m'attends à ce qu'il me tire dessus. Il n'en fait rien. Ty me regarde toujours, je me laisse alors porter par le rythme en faisant un tombé, un pas, deux pas. Mes genoux tremblent, mais les mouvements sont familiers. Mes Converse couinent sur le parquet de la scène.

Je ferme les yeux et insuffle les souvenirs de Ty dans ma chorégraphie – son air inquiet quand je lui ai annoncé que je voulais continuer la danse. Ses bras puissants qui m'entouraient quand j'avais fait un cauchemar. Sa promesse en m'offrant l'amulette : *Je crois en toi*.

Quand la sœur de maman nous a rendu visite pour les fêtes, elle est venue avec notre cousine. Alex, trois ans, se cramponnait aux cheveux de Ty alors qu'il la portait sur ses épaules et s'agrippait à sa main dès qu'il la reposait. Des éclats de rire illuminaient notre maison pour la première fois depuis la mort de maman. Papa a cessé de boire pendant une journée entière.

Je me raccroche à ces images, mais elles s'assombrissent. Le sourire quand papa a menacé de me briser les jambes une fois pour toutes, pour que j'arrête de danser, alors que Ty était appuyé contre le montant de la porte, sans sourciller. Son sourire quand il a abattu Nyah.

Je me replie. J'essaie toujours de fuir mais je suis incapable de couper les ponts.

C'est alors que je vois son visage. Sylv est la seule qui compte. Nos soirées de fin d'été sont les seuls moments où j'ai été heureuse.

Mes pas deviennent vifs et lumineux. Mes mouvements se font moins honteux – jusqu'à ce que, dans ma tête, elle se détourne elle aussi, et notre danse suit le rythme familier de nos mensonges.

Ma cheville se tord, et les mouvements se font plus difficiles.

Mme Morales va plus mal de jour en jour. Bientôt, elle ne pourra plus prendre soin d'elle, ne pourra plus reconnaître ses enfants. Tomás m'a dit que Sylv envisageait de rester à Opportunity parce que leur grand-père ne peut pas s'occuper seul de leur mère – et je ne lui ai jamais dit que je la soutenais. Quoi qu'elle décide.

Je ne lui ai jamais dit que l'idée de revenir après mon départ m'oppresse, l'idée de la perdre me fend le cœur.

Au lieu de ça, nous nous en tenons à de fausses vérités. *« Comment vas-tu ? — Bien, je crois. Ne t'en fais pas. »*

Je ralentis. Je ravale un sanglot. Je ne sais pas trop si je l'ai repoussée ou si elle n'a jamais été mienne. Tout ce que je sais, c'est que je n'ai jamais été seule.

Du regard, je tente de trouver Sylv dans l'auditorium. Mes pieds se dérobent alors sous moi, et j'atterris sur le dos, fixant le canon du pistolet de Ty.

....

SYLV

Je tapote l'épaule de l'élève de première devant moi, celui qui se disputait avec sa mère au téléphone quand Tyler a commencé à tirer. Il est assis, la tête dans les mains, inconscient de ce qui se passe autour de lui.

— Les portes sont ouvertes, je chuchote.

Il relève la tête et son regard me transperce. Ses yeux sont vert clair, entourés d'eye-liner noir. Je ne me rappelle pas l'avoir vu bouger depuis que Tyler a commencé à tirer. Son téléphone gît toujours à l'endroit où il l'a lâché.

Je claque des doigts devant son visage.

— Écoute-moi.

Son regard se fixe au mien. Je fais un geste vers lui, vers la porte, puis vers les gens dans la rangée devant lui.

— Emmène le plus de personnes possible, mais sors d'ici.

Comme il ne semble pas comprendre, je m'accroupis.

— Tu veux retrouver CJ ?

— Trouver CJ ? répète-t-il doucement.

Sa voix est rauque.

— Comment tu t'appelles ? je demande.

— Steve.

— Sylvia. Les portes sont ouvertes. Elle sera là dehors, promis.

Il se redresse mais il ne bouge pas, comme s'il oubliait quelque chose.

— Tu peux me rendre un service ?

Je le traîne pratiquement dans l'allée. Je lui montre Asha. Elle est assise, appuyée contre le mur, les bras fermement serrés autour de sa taille. Peu importe le nombre de personnes qui passent devant elle, elle ne bouge pas.

— Cette fille vient de perdre sa sœur. Elle doit sortir d'ici. Tu peux t'en assurer ?

C'est un truc que j'ai appris pour gérer la maladie de *mamá*. Dès qu'elle décroche, la meilleure chose à faire est de lui confier des missions précises, des petites tâches – nourrir le chien, ramasser les œufs, garder un œil sur le four pendant que les cookies que nous avons préparés cuisent. Ce n'est pas infaillible, mais quand elle se sent désorientée et dépassée, ça l'empêche de paniquer. J'espère que ça va m'aider ici aussi. Parce qu'il faut que quelqu'un fasse sortir Asha. C'est le moins que je puisse faire pour elle. Nous sommes tous responsables les uns des autres.

— Par pitié, fais-la sortir, dis-je.

Steve acquiesce.

Et pour la première fois, je crois pouvoir *agir*. Je peux changer les choses. J'avais tellement peur de tout perdre que je me suis égarée. Mais je me souviens à présent.

Je me souviens et je n'oublierai jamais.

Les portes ouvertes nous donnent de l'espoir, comme une gorgée d'eau fraîche après une journée de sécheresse.

Alors que Steve se fraie un chemin jusqu'à Asha, je continue de faire passer le message. Tant que les yeux de Tyler ne sont pas sur moi, je peux me déplacer librement – et il va le regretter.

....

CLAIRE

Contre toute attente, le coach nous prend tous les deux dans ses bras. Il est plus pâle de quelques teintes que quand nous l'avons quitté.

— Je suis fier de vous, les enfants.

Il nous dit ça après chaque course. Qu'on ait gagné ou perdu. Il nous dit toujours qu'il est fier, puis il enchaîne en nous disant comment faire mieux.

Aujourd'hui, il se contente de nous presser l'épaule. Derrière lui, Esther est assise avec Avery, qui a la jambe en l'air et un bandage autour de la cheville. Elles sourient faiblement.

— Des nouvelles ?

— Vous êtes les deux que le sergent Donovan a amenés, c'est ça ?

L'adjoint nous coupe avant que le coach puisse répondre à ma question. Il me faut une seconde pour comprendre que le sergent Donovan doit être notre policière. Je lorgne son badge – W. H. Lee.

Chris acquiesce.

— Oui, monsieur, dit-il en gardant une voix neutre. Elle ne nous a pas dit grand-chose à propos de la situation à l'intérieur par contre.

— Bien.

L'adjoint marche vers la fourgonnette qui semble être un poste de commandement assemblé à la hâte, avec des ordinateurs et une commande radio. Il prend un bloc-notes.

— Si vous voulez bien me suivre. Nous avons déjà fait le point avec votre coach et les autres, mais nous avons quelques questions à vous poser.

Il nous écarte de l'équipe et nous nous rendons ensemble à l'opposé du parking, où deux agents de police installent une seconde tente. C'est plus calme ici, bien que ce petit carré d'herbe nous donne un excellent poste d'observation sur les voitures roulant à toute allure vers Opportunity. Aucune d'elles n'est un véhicule de police ou une fourgonnette du SWAT. Il s'agit de berlines, de camionnettes, de voitures de sport ; même un tracteur laboure la route. Les barrages arrêtent les véhicules, mais pas les parents.

Les rumeurs à Opportunity sont aussi efficaces que n'importe quel système d'alarme. Non pas que ça me surprenne. De nombreux lycéens ont dû appeler leurs parents au lieu de la police, et, à Opportunity, les ragots se répandent sans se soucier de la famille ou des croyances. Même des ennemis jurés se réunissent pour partager les derniers potins. De chaque côté du ruban, les parents forment une garde d'honneur du désespoir.

— Nous pouvons aider, dis-je avant que l'adjoint Lee nous demande quoi que ce soit.

Je me balance d'un pied sur l'autre tant à cause des nerfs que pour tenter de me réchauffer. L'adjoint Lee ne répond pas à ma proposition, préférant regarder son bloc-notes.

— Nous aimerions savoir ce que vous avez vu et entendu avant de quitter les lieux. Combien étiez-vous ?

Il a dû avoir la version du coach, mais on dirait qu'il a reçu l'ordre de revérifier les faits. Voire de re-revérifier. Du coup, je me demande s'ils pensent que nous sommes impliqués, mais je n'arrive pas à me faire à cette idée. Pas avec Matt à l'intérieur. Pas quand nous avons parcouru la moitié du chemin vers Opportunity en courant.

— Nous étions cinq, monsieur, répond Chris en me jetant un rapide coup d'œil. Le Coach, Esther, Avery, Claire et moi. Nous avons une compétition d'athlétisme dans deux semaines, et l'entraîneur voulait que nous soyons prêts.

— Avez-vous vu quelqu'un ? Entendu quelque chose ?

— À part les coups de feu, non. La piste est de l'autre côté de l'école. C'est isolé. Nous n'avons vu personne entrer ou quitter le bâtiment.

— Est-ce courant pour vous de louper le discours de début de semestre de la principale ?

Chris sourit.

— Une fois que la saison des courses a commencé, nous mangeons, dormons et respirons course. Et au vu de notre série de victoires, la principale Trenton est ravie de nous donner du temps d'entraînement supplémentaire.

L'adjoint Lee lève les yeux de son bloc-notes.

— Avez-vous été en contact avec quelqu'un à l'intérieur ?

Sa question me fait remarquer que nous aurions pu. Mon portable est toujours dans mon casier, mais il y a d'autres téléphones que je pourrais emprunter. Je pourrais appeler Matt. Je le peux. Je vais le faire. Je dois savoir s'il est en sécurité.

L'adjoint Lee parcourt ses notes ; puis il fronce les sourcils.

— Est-ce que le nom de Tyler Browne vous dit quelque chose ?

Mon estomac se noue.

Jay
@JEyck32
« Qu'as-tu fait quand tu as entendu les coups de feu ? » Je ne les ai pas entendus. JE SUIS PAS au #LycéeOpportunity.
10 h 29

Jay
@JEyck32
« Sais-tu ce qui a motivé le tireur ? » JE. NE. SAIS. PAS. #Laissezmoitranquille #merci
10 h 29

Jay
@JEyck32
SI VOUS N'AVEZ RIEN D'UTILE À DIRE BARREZ-VOUS DE MON FIL D'ACTU.
10 h 30

234 favoris 127 retweets

CHAPITRE QUINZE

10 h 30 – 10 h 32

TOMÁS

Deux rangs plus bas, j'aperçois un visage familier. Jennifer, la superbe capitaine de l'équipe de pom-pom girls, est assise sur un siège en bout de rangée. Jennifer, sur qui je craque depuis le premier jour. Elle est grande, sportive avec une peau d'ébène et des yeux couleur de la nuit. Durant ces trois années, elle m'a remarqué exactement zéro fois, malgré mes efforts pour attirer son attention.

Croyez-moi, j'ai essayé.

Et la voilà. Saine et sauve. L'euphorie remue mes lèvres. C'est peut-être l'adrénaline, peut-être la stupidité totale, mais la vie a souvent plus de sens pour moi quand je ne la prends pas au sérieux. Et j'ai envie de profiter de cet instant.

Putain. Si je dois être le héros du jour, je vais faire en sorte qu'elle le remarque, que ce soit le moment ou non.

Je me glisse à quatre pattes jusqu'à son siège et je tapote sa main, agrippant l'accoudoir. Ses lèvres sont marquées non pas par la peur mais par la colère, et ça la rend encore plus éblouissante. Elle sursaute presque ; par chance, elle est suffisamment intelligente pour étouffer le moindre bruit.

J'affiche mon sourire le plus charmeur.

— Salut, tu veux sortir ? Les portes sont ouvertes.

Elle me regarde comme si je parlais espagnol et non anglais, même si je suis à peu près sûr que ce n'est pas le cas.

— Les portes, je chuchote, en suivant mon script. Sors. Emmène tes amies.

Cette fois-ci, Jennifer hoche la tête et donne un coup de coude à sa voisine – une autre pom-pom girl. La nouvelle remonte toute la rangée, et les filles se faufilent le long de l'allée. Jennifer est la première à passer à côté de moi, sans même reconnaître mon existence.

Dans la rangée devant elles, élèves et professeurs sont alertés par le mouvement. Ils se retournent, nerveusement, en faisant trop de bruit. Leurs sièges se replient violemment. Je leur fais de grands gestes pour qu'ils se taisent, j'ai à peine le temps d'être déçu pour Jennifer. Ça ne veut pas dire que je ne le suis pas.

Je n'espérais pas qu'elle aurait le coup de foudre pour moi tel un chevalier en armure, mais j'aurais aimé un sourire ou un geste montrant que j'aidais à la sauver.

Je m'approche de la rangée suivante.

Une main manucurée presse mon épaule et je me retourne, fonçant presque dans Jennifer. Elle ne sourit pas. Elle est toujours pâle, les lèvres serrées. Mais elle murmure « Merci ».

Puis elle fait demi-tour et se dirige vers l'allée avant de sortir avec ses amies. Je reste accroupi. Mon cœur tambourine, et ce n'est pas de peur ou d'effroi.

C'est parce qu'elle saura qui je suis quand je lui demanderai de sortir avec moi.

....

SYLV

Dans le fond de l'auditorium, Fareed se tient près de la porte, indiquant la sortie aux gens pour que les files continuent d'avancer. Il est une cible bien visible, et ça ne semble pas le déranger.

À l'opposé, ceux qui sont indemnes aident les blessés à marcher – du moins, ceux qui peuvent encore bouger. Certaines balles de Tyler n'ont pas fait de dégâts, atterrissant dans les murs ou le plafond. Mais les premiers rangs et l'allée jouxtant la porte par laquelle il est entré sont pleins de blessés et de morts.

Je n'arrive même pas à me rappeler combien de fois Tyler a vidé son arme. Rationnellement, je sais qu'il y a eu des périodes où il n'a pas tiré, quand il préférait cracher son venin. L'écho des coups de feu résonne encore à mes oreilles.

Une partie de moi se demande quand Tyler va être arrêté – et ce qu'il restera de nous à ce moment. Une partie de moi a envie de suivre les autres hors de l'auditorium, pour me mettre à l'abri loin d'ici.

Mais si je m'en vais maintenant, alors qu'Autumn se relève face à son frère, j'aurai toujours un œil vers le passé. Et je refuse désormais d'avoir peur.

Alors, je touche des épaules et je chuchote, tandis que mes yeux restent rivés à la scène.

Je refuse de la voir mourir.

À côté de moi, un élève se lève et se fraie un chemin à travers la foule pour s'approcher de l'allée. Un autre élève le suit, puis un troisième ; ils peuvent à peine bouger dans cette marée humaine. Je distingue leurs murmures, sans pouvoir comprendre ce qu'ils disent.

Voilà ce que nous sommes devenus – terrifiés mais sans peur.

Je poursuis ma descente. Mon esprit continue son cycle à travers les souvenirs, créant des fragments d'histoire – mon histoire.

Les doigts d'Autumn se mêlant aux miens.

Les mains de Tyler me poussant par terre.

La lettre me brûlant les doigts.

Tomás revenant pour moi après tous ces mois à le repousser.

Peu importe comment ça va se terminer, ces moments font tous partie de moi. Il est temps d'arrêter de se cacher.

Les deux seules personnes qui comptent à présent sont devant moi – le garçon qui m'a détruite et la fille qui a recollé les morceaux. Je ne le laisserai pas me la reprendre.

....

AUTUMN

On dit que la vie défile devant vos yeux juste avant de mourir. Quand j'attends que Ty presse la détente, aucun souvenir ne me submerge. Pas de dernière volonté ou de « si seulement ». Je me dégonfle. Mes épaules se voûtent ; mes mains tremblent. Quand papa était au plus bas, il me donnait tous les noms d'oiseau imaginables et n'arrêtait que quand il pensait avoir gagné.

Ty est pire. Ses yeux fous sont méconnaissables.

Il hoche la tête. C'est comme si nous étions les deux seules personnes de l'auditorium.

— Je croyais que tu comprenais la solitude et la défaite. Je croyais que c'était pour ça que tu voulais partir – pour riposter. Pour *gagner*. Tu sais à quel point ça m'a fait mal d'apprendre pour toi et cette... cette salope ? Tu nous as menti à tous.

Je souris tristement.

— Tu peux m'en vouloir pour la mort de maman si ça te chante. Crois-moi, il n'y a rien que tu puisses dire que je n'aie déjà pensé. Même si c'était un accident. Un accident vraiment terrible.

J'élève la voix.

— Mais Sylv et moi ? Ce n'est pas un accident.

Quoi qu'il arrive, je veux qu'elle le sache. Je veux qu'elle sache que je l'ai aimée, que je l'*aime*, et j'aurais aimé le lui avoir rabâché des milliers de fois.

— Avec elle, je me sens en sécurité – comme avec toi avant. Elle ne me juge pas. Et si tu ne peux pas le comprendre, j'en suis désolée. Vraiment. Mais ça ne change pas mes sentiments pour elle. Je l'aime.

Si Ty veut la vérité, la voici, pure et simple. Et à chaque mot que je prononce, à chaque secret que je dévoile, je gagne, et un autre élève s'échappe de l'auditorium.

Le silence qui rencontre mes paroles me cloue au sol ; c'est la glace, le feu et l'espoir. Je prends mon courage à deux mains et je murmure :

— Je t'aime aussi.

Malgré tout, c'est toujours le cas.

Je m'attends à ce qu'il me rembarre avant la fin de mon monologue. Au lieu de quoi, il hésite, il cligne des yeux, comme s'il était tiré de sa rêverie. Le canon s'abaisse un instant. Peut-être ai-je réussi à le toucher après tout. Mais ses lèvres se font hargneuses.

— Si peu, dit Ty, si tard.

Mes yeux s'écarquillent et mes mains tremblent. Et cette fois, il n'y a rien que je puisse faire quand il se retourne, le pistolet en équilibre, faisant face à la foule clairsemée de l'auditorium.

....

CLAIRE

— Nous n'arrivons pas à nous faire une image nette du mobile de Tyler, nous cherchons donc quelqu'un qui pourrait bien le connaître. Nous avons envoyé une équipe chez lui, mais nous aimerions la vision d'un élève en plus, lance l'adjoint Lee.

— Sa sœur est en première ici, dit Chris après un moment. Autumn est une fille discrète, mais tout le monde la connaît à Opportunity. Tout le monde connaît la famille Browne. Leur père gère la boutique dans la rue principale.

L'adjoint Lee passe son regard de Chris à moi et inversement avant d'ajouter :

— Si Tyler n'avait pas quitté l'école, il aurait été en terminale avec vous.

Il y a une question dans ses mots, un sous-entendu selon lequel nous devrions en savoir plus à son sujet.

Je reste muette. Comme si avouer que nous sommes sortis ensemble allait me rendre responsable de ce qui se passe aujourd'hui. Ty, dont le beau sourire a un jour éclairé mon quotidien. Il a cessé d'espérer. Mais à présent, je n'arrive même plus à me souvenir de lui heureux.

Je me sens responsable de ce qui arrive. D'une certaine façon, nous le sommes tous. Je dois m'exprimer.

— Tyler était mon petit ami, je finis par dire. Pourtant, je ne sais pas quoi vous raconter. Nous avons rompu l'an dernier à la fin de l'année scolaire. Nous nous sommes rencontrés ici, à l'école. Nous travaillions sur un projet ensemble et j'aimais être avec lui. Il me faisait rire. Il me donnait l'impression de compter.

Un après-midi, il m'a attendue jusqu'à la fin de l'entraînement des officiers de réserve. Il était assis sur le capot de sa voiture avec un sac en papier à côté de lui. On aurait presque dit qu'il m'avait apporté à déjeuner. Mais en me voyant, il a sauté de la voiture et a étalé le contenu du sac au soleil. Des figurines en plomb. Des pinceaux. Il bondissait presque. « Je les ai trouvés en ville la semaine dernière. J'ai pensé que Matt pourrait vouloir essayer. Tu sais, pour son anniversaire. » J'étais tellement heureuse que j'aurais pu l'embrasser. En fait, je l'ai fait.

— Mais l'accident de sa mère l'a changé. Il s'est replié sur lui-même. En deuil. Il m'a dit avoir l'impression que le monde s'effritait autour de lui. Après la mort de sa mère, nous traînions ensemble seulement à l'école ou chez moi. Il avait l'air plus heureux là-bas. Il aimait être avec Matt.

Je l'aimais... je crois.

L'adjoint Lee fixe son bloc-notes. Son expression ne trahit pas ses pensées, mais je sens mes joues s'empourprer.

Malgré tout, j'ai envie de lui dire que ce n'est pas le Ty que j'ai connu.

Chris s'approche subtilement d'un pas jusqu'à ce que nos épaules se touchent.

— Combien de temps êtes-vous restés ensemble ? demande l'adjoint.

— Deux ans.

— Quand tu dis qu'il était malheureux, était-il parfois en colère ou violent avec toi ?

Ses questions semblent presque suivre une liste à cocher : signes de comportement irrationnel pour débutants.

— Sais-tu ce qui l'a perturbé aujourd'hui ?

J'aimerais bien.

À cinq mètres de là, des gens au poste de commande se mettent à crier. Quand l'adjoint Lee allume sa radio pour demander ce qui se passe, le son caractéristique des tirs se fait entendre en arrière-plan.

Je m'avance, mais Chris se place devant moi. L'adjoint Lee éteint à nouveau sa radio.

Allez-y ! J'ai envie de lui dire. *Aidez mon frère.* Je déglutis et tente de répondre à sa question du mieux possible.

— Ty ne s'intégrait pas vraiment. Certains élèves avaient l'habitude de l'entraîner dans des bagarres. Je crois qu'il avait peur.

— A-t-il exprimé un désir de vengeance ?

Je baisse la tête.

— Il m'a dit qu'il allait prouver des choses au monde. Il m'a dit que nous ne l'oublierions jamais. Mais je pensais simplement qu'il voulait dire qu'il ne laisserait personne l'atteindre.

L'adjoint Lee griffonne quelques mots dans son carnet.

— A-t-il parlé de ses plans avec toi ?

— Il avait l'habitude de sécher l'AG parce qu'il pensait que l'auditorium était une prison. Comment aurais-je...

— Donc tu ignorais qu'il avait prévu ça ?

— Bien sûr !

Chris serre ma main.

— Lui as-tu parlé récemment ? J'ai cru comprendre qu'il avait quitté l'école.

Sa voix se radoucit, et je me sens encore plus mal, parce qu'il y a une chose que je ne lui ai pas dite, dont je n'ai parlé à personne.

— Après notre rupture, nous n'avons pas beaucoup discuté. Je le voyais en ville à l'occasion, quand j'avais besoin de fournitures à la boutique Browne, de peinture ou d'outils pour Matt – mon frère. Ty était plus doué avec les clients que son père. Tout le monde sait que le vieux Browne s'est remis à boire après l'accident...

Je déglutis.

— Ty avait des bleus. Il ne voulait pas en parler, mais ce n'était pas à cause des bagarres. C'était des traces de coups, comme si quelqu'un l'avait frappé. Je pense que c'était son père.

Un accès de colère soudain me tire les mots de la bouche, et ma voix tremble autant que mes mains.

— Monsieur, je peux vous parler du Ty que j'ai connu. Mais je n'avais pas idée qu'il ferait une telle chose – qu'il *puisse* faire une chose pareille. J'ignore pourquoi c'est arrivé. J'aurais aimé pouvoir l'en empêcher. J'aurais fait n'importe quoi.

Si l'adjoint Lee est déçu, il le cache bien. Il acquiesce.

— Accepterais-tu de parler à l'un de nos enquêteurs un peu plus tard, pour un interrogatoire plus en profondeur ?
— Oui, monsieur.
— Nous vous demandons de rester dans la zone délimitée par le ruban, jusqu'à ce que nous trouvions un endroit adapté où rassembler les survivants.

Je grimace en entendant le mot *survivants*.

— Mon frère est à l'intérieur. Je dois faire quelque chose pour l'aider.
— Je suis désolé. Vous devez vous tenir à l'écart le temps que nous gérions la situation et mettions en place un système de tri.

Un nouveau message émane de la radio de l'adjoint Lee. Cette fois, il n'attend pas ; il court jusqu'au poste de commandement.

Par habitude, je regarde Chris pour avoir ses instructions et je le vois qui me regarde. Il secoue la tête.

Nous avons peut-être reçu des ordres, mais nous n'allons pas rester à attendre. J'approuve, et nous courons derrière l'adjoint.

À : Sœurette
Ça fait mal.

À : Sœurette
Tu ne dois pas avoir ton téléphone. Sinon tu m'aurais appelé. Mais je veux te parler. Si tu peux, si tu trouves un moyen… J'espère que tu es en sécurité.

CHAPITRE SEIZE

10 h 32 – 10 h 35

TOMÁS

Tyler fait face à l'auditorium. À ses pieds, Autumn rampe hors de sa vue.

Nous nous figeons tous, attendant de voir qui va faire le premier pas.

Merde. L'enfoiré.

Tyler fixe les portes ouvertes, les élèves qui se fraient un chemin dans les allées. Puis il rit.

— Non.

Une balle explose une des lampes, et le verre tombe du plafond en pluie dans un rugissement assourdissant.

— Je. Ne. Vous. Laisserai. Pas. Partir.

Tyler ponctue chaque mot d'un coup de feu.

Les élèves près de moi avancent vers la porte à quatre pattes, se baissant pour rester le plus bas possible. Les personnes les plus proches des issues courent et se poussent pour sortir. M. O'Brian, un de nos profs de sciences, passe un bras autour d'un des secondes alors qu'il escorte un groupe vers le haut de l'allée. Une balle frôle son épaule ; M. O'Brian trébuche mais parvient à garder son équilibre.

Des dizaines d'élèves affluent dans le couloir, pourtant trop restent encore.

Des cris ricochent alors que les balles atterrissent autour de nous.

Tyler tire au hasard, vidant son flingue avant de remplacer la cartouche. Nous voulions libérer l'auditorium, au lieu de quoi nous avons apporté plus de mort et de destruction. Tu parles d'héroïsme.

Je parcours la foule des yeux pour trouver ma sœur. Elle est devant d'autres élèves de terminale, juste sous le chaos. Elle se tient pile dans la ligne de mire de Tyler, mais elle ne se baisse pas. Et, par miracle, son flux de balles ne l'atteint pas.

La rage me consume.

Il ne touchera pas à ma sœur. Plus jamais.

Puis Tyler regarde Autumn par-dessus son épaule. Elle part en rampant, dos à lui. Ce serait facile de la tuer.

Sylv se dépêche de grimper les marches menant à la scène. Sylv, qui refuse d'avoir peur de quoi que ce soit. Elle redresse ses épaules et fait le premier pas vers Tyler.

Une main attrape mon bras pour m'arrêter.

— Nous devons nous mettre à couvert, dit Fareed. C'est notre chance. Nous devons sortir.

Une terreur absolue s'empare de moi, plus forte que tout ce que j'ai pu ressentir aujourd'hui.

— Je ne peux pas laisser Sylv ! Il va la tuer !

Je me débats pour me libérer de Fareed.

— Tu ne peux pas l'aider si tu te fais descendre, siffle-t-il désespérément.

Far me traîne vers la porte alors que les tirs reprennent.

— Elle fait diversion. Elle nous donne une chance à tous. Et tu ne vas pas gâcher ça en mourant, putain. Allez.

La sueur coule le long des tempes de Fareed.

— Autumn est toujours là-bas, dit-il plus doucement. Elle sera mieux placée pour protéger Sylv. La police sera bientôt là.

Ses doigts s'enfoncent dans mon épaule.

Un élève de seconde trébuche sur nous, glissant contre un siège quand une balle lui perfore la nuque. Je me mets presque à crier aussi quand du sang me gicle au visage.

Fareed a raison. Et je le hais pour ça.

....

CLAIRE

Hors du périmètre de sécurité policière, la route devant le lycée d'Opportunity s'est transformée en zone de guerre. Depuis l'intérieur de l'école, nous entendons des tirs mêlés à des cris. L'air autour du lycée se fige, alors que tout le monde – les policiers et les parents – encaisse ce que ça implique. Des officiers sortent des fusils d'assaut de leurs fourgonnettes, tandis que trois véhicules blindés font crisser les pneus sur l'asphalte, des ambulances à leurs trousses.

Derrière les barrières, des équipes de journalistes arrivent au compte-gouttes, installant des caméras et préparant des présentateurs.

— Nous sommes en direct du lycée d'Opportunity, où a lieu une fusillade qui bouleverse le pays. Avec les équipes du SWAT se préparant à entrer dans l'école, des parents se sont rassemblés en attendant des nouvelles de leurs enfants, et...

La lumière des caméras éclaire la zone autour de nous, zoomant sur toute personne qui bouge.

Alors que nous suivons l'adjoint Lee de loin, Chris et moi passons devant des équipes de cameramen, tentant de les ignorer. Je m'entoure de mes bras.

— C'est ce que nous sommes à présent ? Une histoire aux infos ?

Chris hésite, puis il fourre les mains dans ses poches.

— Ce sont des vautours.

Derrière les équipes de cameramen, des parents se pressent contre les barricades. Ils crient à mon attention ou à celle de quiconque écoutera, malgré la dizaine d'agents répondant à leurs questions. « Non, monsieur, nous ne pouvons encore rien vous dire à propos de votre fils ou de votre fille. » « Oui, m'dame, nous vous informerons dès que nous en saurons plus. » « Inscrivez votre nom ici, et nous le recouperons avec notre liste. » « Nous n'avons pas besoin d'un autre contact à l'intérieur. Tâchez de garder votre calme, s'il vous plaît. »

— Claire !

Mon cœur manque un battement en entendant la voix de papa. *Serait-il rentré plus tôt du travail ? Est-ce que maman est avec lui ?* Mais quand je parcours la foule des yeux, tous les visages s'embrouillent, un rendu impressionniste du désespoir. Papa n'est nulle part. Je veux qu'il me protège, comme quand, petite, il me hissait sur ses épaules lorsque j'étais fatiguée – mais il saurait alors que je ne suis pas aussi courageuse que Trace.

Je n'ai pas envie que lui ou maman soit là.

Chris et moi approchons de l'endroit où les officiers de police se préparent. Pas trop près du poste de commandement pour ne pas nous faire remarquer, mais pas trop loin non plus. Nous attendons tous deux d'entendre s'il y a quelque chose – n'importe quoi – que nous puissions faire. À défaut d'être courageuse, j'ai besoin de me rendre utile.

Le shérif dirige les officiers du SWAT, et le vent nous envoie des bribes de conversation, nous enveloppant Chris et moi de ses rafales glacées. Nous ne nous rapprochons pas pour nous réchauffer.

Quelque chose a changé entre nous, et ça me fait peur.

— Parle-moi. S'il te plaît.

Pendant trois ans, Chris et moi avons été meilleurs amis. Il y a à peine deux mois, il m'a conduite à travers la moitié du pays pour voir Tracy avant qu'elle ne parte pour le désert. Il s'est occupé du logement, de la nourriture, alors que je ne pouvais penser à rien d'autre qu'à ma sœur qui s'en allait à l'autre bout du monde. Il prend soin de Matt comme s'il était son propre frère, en particulier depuis ma rupture avec Ty. J'ai besoin de lui.

Les yeux de Chris s'assombrissent, et il regarde derrière moi.

— Nous avons tous beaucoup de choses en tête, dit-il doucement.

Un cri s'élève parmi les parents, la presse, la police, et je me retourne, loupant presque ses mots suivants :

— Je suis terrifié à l'idée de te perdre.

Un jeu de portes battantes s'ouvre en grand et des élèves sortent en courant.

....

AUTUMN

La rafale de tirs anéantit tout soupçon d'espoir. Chaque fois que je pense être à court de superlatifs, que le pire est atteint, Ty me donne tort.

Il enchaîne les balles. Ceux qui sont suffisamment proches de la porte se sauvent en courant. Ceux près de la scène se cachent dans les angles et sur les côtés de l'auditorium.

À quatre pattes, je m'éloigne de lui le plus vite possible en rampant. À chaque centimètre gagné, je m'attends à ce qu'une balle me brise la colonne vertébrale. Mes genoux et mes coudes sont comme de la gelée sous mon poids, mais je me tire en avant, vers les marches sur le côté de la scène. Je ne veux pas regarder la moquette tachée de sang. Je dois partir d'ici. Je dois rejoindre Sylv avant que Ty la voie. Car s'il la trouve, il n'y aura plus rien. Si elle meurt, je ne pourrai plus lui dire que c'est elle qui me maintient debout. Que ses lèvres ont le goût d'une promesse. Qu'elle me donne envie d'être meilleure. Si elle meurt, je croirai chacune des horribles paroles que papa m'a dites.

Je me glisse entre deux rangées de sièges et réprime l'envie de me boucher les oreilles. Une fille rousse tremble de façon incontrôlée près de moi. Du sang séché souille sa joue. Elle s'approche et me presse la main. J'étouffe un sanglot.

Derrière la rouquine, le garçon que Ty a menacé plus tôt est allongé. Matt. Malgré tout le temps où mon frère et sa sœur sont sortis ensemble, nous ne nous sommes jamais rencontrés. Ty ramenait rarement des gens à la maison et il a complètement cessé à la mort de maman. Je ne saurai jamais si c'était par honte de moi ou de papa. Peut-être avait-il honte de nous deux.

Les épaules de Matt cognent contre les pieds de la chaise tellement il tremble. Il a l'air si vulnérable, si effrayé. Je m'approche de lui, puis recule. Mon frère est la cause de sa terreur.

Matt lève les yeux ; au lieu du dégoût et de la peur que je mérite, il me sourit.

Je rampe plus près de lui. Il serre fort son téléphone, et je prends ses mains glacées entre mes doigts.

— Je vais te protéger.

C'est un mensonge, mais c'est plus doux que la vérité. Le sang sur son T-shirt a trempé le tissu qui ressort contre sa peau crayeuse.

— Me ramener chez moi ? demande-t-il.

Je hoche la tête et lui caresse les cheveux.

Puis.

Silence.

Lâchant sa main, je me relève un peu pour regarder par-dessus le siège. Ty se débarrasse à nouveau d'une cartouche comme si ce n'était rien et en prend une autre à sa ceinture. En cet instant où le pistolet de Ty n'est pas chargé, je respire. Mon esprit se calme.

Mais dans ce cercle de destruction qui l'entoure, seule une personne est suffisamment proche pour l'arrêter. Sylv.

Non. Non, par pitié.

Elle remonte l'allée vers mon frère. Sylv est à découvert. Il n'y a rien entre elle et Ty alors qu'il place une nouvelle cartouche. Pourtant, ça ne l'arrête pas.

Pitié, ne fais pas ça.

Matt presse ma main. Et nous nous préparons pour ce qui va suivre, quoi que ce soit.

....

SYLV

L'écho des paroles d'Autumn me stimule. *Je l'aime.*

L'espace d'un instant, j'ai envie de plonger sur Tyler et de l'arrêter, mais il me tuera avant même que je ne puisse bouger. Sa colère m'a plongée dans l'obscurité cet été, ce qui m'a dévorée.

Je garde la tête haute.

— Le deuil est un trou béant, pas vrai ? dis-je doucement.

Je ne sais même pas s'il m'entend, mais ces paroles sont autant pour moi que pour lui.

— Il est partout, il consume tout. Certains jours, tu crois ne plus pouvoir continuer parce que le désespoir est la seule chose qui t'attend. Certains jours, tu ne veux pas continuer parce qu'il est plus facile d'abandonner que d'être à nouveau blessé.

Jour après jour, je perds ma mère. Je perds Autumn, qui est ma petite amie mais aussi ma meilleure amie.

— Je me suis perdue. Tu m'as tout pris. J'ai sondé l'abysse, Ty. Je sais tout du chagrin. Et je suis vraiment désolée pour le décès de ta mère.

Tyler me fixe.

Puis son arme.

— Si tu veux te venger, défoulc-toi sur moi.

Je déglutis.

— Mais tu n'es pas seul.

Derrière moi, j'entends quelqu'un se précipiter vers la porte. Tyler presse la détente, puis un silence déchirant succède au bruit sourd d'un corps qui est tombé.

— Si, je le suis.

Le tir suivant passe si près de moi que les poils de ma nuque se hérissent. J'étouffe un cri. Une autre balle déchire la moquette à mes pieds. Et j'inhale la senteur trop familière d'eau de toilette chère et de sueur putride.

Toute la peur que je tenais à distance se rue sur moi. La prochaine balle me sera destinée. Je le sais, mais je ne resterai pas pour l'affronter. Je veux savourer chaque respiration. Je me retourne et cours.

Quelqu'un hurle. Quelqu'un me bouscule ; quelqu'un d'autre tend la main pour me stabiliser.

Les pas de Tyler me suivent. J'atteins presque la porte. Tous les autres se cachent, pleurent et se cramponnent les uns aux autres. À chaque pas, je pousse un peu plus fort en avant.

Pas à pas.

Plus qu'un.

Des mains familières s'emparent de moi.

Tomás me tire de l'auditorium, refermant la porte derrière nous et se plaquant contre elle, pendant que Far place une chaîne à travers les poignées.

La balle suivante perfore le bois massif avec un bruit sourd.

Je me jette sur Tomás, j'ai envie de frapper sa poitrine, de lui dire qu'il est fou d'avoir risqué sa vie. Il n'aurait pas dû faire ça pour moi. Jamais pour moi. Mais mes bras entourent ses épaules. Il sent le cheval et la maison. Il tressaille – puis me rend mon étreinte. Mon frère. J'ai beau le repousser, il sera toujours là pour me ramasser et recoller les morceaux.

— *Te extraño.*

Je murmure ces mots contre son torse.

— Toi aussi, tu m'as manqué.

Quand il me répond, sa voix est pleine d'émotion.

Ces six mots me brisent, mais les chaînes cliquettent et on entend des jurons de l'autre côté de la porte. D'autres coups de feu.

Ma main se glisse dans celle de Tomás, et je cours, entraînant Fareed et mon frère avec moi. Le couloir n'offre aucune cachette, mais l'air qui nous entoure est plein de vie et de possibilités – et je veux qu'il reste ainsi.

Nous courons loin des cris.

Nous courons pour nous retrouver très loin d'ici, où nous serons ensemble en sécurité.

CJ Johnson
@CadetCJJ
Si j'avais un flingue, je le tuerais. Sérieux.
#LycéeOpportunity
10 h 34

Abby
@EncoreUneASmith
@CadetCJJ Nous sommes tous avec vous, nous prions pour vous.
10 h 34

213 favoris

George Johnson
@G_Johnson1
@CadetCJJ ILS ARRIVENT. LA POLICE EST LÀ POUR VOUS AIDER.
10 h 35

Anonyme
@OpportunisteQuiSEnnuie
@CadetCJJ Tu ne vaux pas mieux que lui si tu l'abats.
10 h 35

34 favoris

CHAPITRE DIX-SEPT

10 h 35 – 10 h 37

CLAIRE

— Retirez-vous !

Tout le monde sur le parking se dirige droit sur les élèves s'échappant de l'école.

— Retirez-vous !

Les commandants du SWAT et le shérif hurlent tous dans leur radio, près de l'endroit où Chris et moi nous trouvons. Ils doivent avoir des snipers en place.

À l'abri entre les voitures, je compte les élèves qui sortent au fur et à mesure. Ils arrivent par groupes de dix ou douze, quelques duos isolés. Ils émergent en se soutenant les uns les autres, certains sont couverts de sang. Ils lèvent les mains en l'air dès qu'ils aperçoivent la police.

Deux terminales titubent : Rafe, notre défenseur vedette, et une fille que je reconnais vaguement comme une matheuse. Ils forment un couple étrange. Rafe est plus grand d'une tête mais il s'appuie sur elle. Ils sont suivis par un trio de filles du niveau de Matt. Je les ai toujours vues ensemble, toujours souriantes. Juste avant les vacances, elles ont demandé à Matt s'il avait envie d'aller voir un film un de ces jours. Je crois que l'une d'elles en pince pour lui.

Elles n'arrêtaient pas de glousser, et Matt de rougir. Mais aujourd'hui, elles sont sinistres et pâles – et il n'y a pas de Matt à l'horizon.

Si je pouvais, je courrais leur demander si elles l'ont vu.

Si je pouvais, je courrais dans l'école pour l'en tirer moi-même.

Un des officiers du SWAT se fraie un passage vers l'entrée du lycée, en faisant de grands signes.

— Écartez ces élèves du chemin et obtenez un rapport sur la situation au plus vite.

Plusieurs agents de police guident les élèves vers les tentes des secouristes sur le côté, loin des yeux des fouineurs. Des ambulances sont alignées, en attente de porter les blessés à l'hôpital.

J'observe les portes. Après le rush initial, un élève sort de temps en temps – le visage livide et confus. Le sang tache les vêtements de la plupart d'entre eux. Un type recule, hésitant, en voyant les officiers s'approcher de lui. Une autre fille fond en larmes dès qu'elle franchit le seuil.

Le flux d'élèves atteint les cent personnes, peut-être, mais pas de Matt.

Chris me caresse le bras.

Je me dégage.

— Je ne peux pas… Je n'arrive pas à gérer l'attente. Il doit bien y avoir *quelque chose* que nous puissions faire – aider à prendre les noms, prendre soin des… de nos *amis*. Je ne peux pas rester les bras croisés !

J'observe la foule qui s'amasse et je me tends. M. Browne est là, seul. Les autres parents laissent de l'espace autour de lui, comme si sa douleur et sa colère pouvaient brûler ceux qui l'entourent. Tout le monde est au courant à présent. Tout le monde doit savoir.

Son fils met leurs enfants en danger, et il est coupable lui aussi.

Quand nos regards se croisent, je bouge avant que Chris puisse m'arrêter.

Les officiers de police atteignent M. Browne avant moi et le tirent dans le périmètre ; c'est la seule chose qui m'empêche de faire un esclandre.

Me rattrapant, Chris me prend dans ses bras, tant pour me retenir que pour me rassurer.

Mais je rabâche la même chose contre son torse, encore et encore :

— Vous l'avez détruit. Vous l'avez détruit. Vous l'avez détruit.

Chris resserre son étreinte jusqu'à ce que je n'aie plus de force et que je me mette à pleurer. Il écarte une mèche de cheveux de mon visage.

— Tu aurais dû parler des marques, Claire. Il avait besoin d'aide ; ils en avaient besoin tous les deux. Mais tu ne peux pas te mettre en tête que c'est la raison pour laquelle Tyler a fait ça. La plupart des victimes de mauvais traitements ne perpètrent pas des massacres.

— Tu crois que ça aurait changé quelque chose, si j'étais restée avec Ty ?

Chris grimace.

— Non. Je ne crois pas que quiconque aurait pu faire quoi que ce soit.

……..

SYLV

Nous hésitons à la moitié de l'escalier, hors de la ligne de mire de Tyler, tout en gardant un œil sur le couloir. Le moyen le plus sûr de sortir est de suivre le hall principal, mais Tyler a quitté l'auditorium, annonçant sa présence avec d'autres coups de feu, et il rôde, attendant que les fugitifs se dévoilent au grand jour. Comme cet élève malchanceux qui a tenté de sortir par les terrains de sport et qui a dû trouver porte close. Quand il est revenu en courant, un tir retentissant l'a étalé par terre.

— Nous devons monter à l'étage, murmure Fareed.

— Mais nous serons piégés là-haut, je contre. Il n'y a pas d'issue.

D'après les bruits en dessous, Tyler se rend vers l'entrée principale. Au moins, il s'éloigne de nous.

Je comprends ce qu'il fait à présent. Autumn et Tyler ont perdu leurs parents. Et, à cause de moi, ils se sont aussi perdus l'un l'autre. Tant qu'il me croit dans le bâtiment, il va essayer de s'en prendre à moi. Savoir ça me terrifie encore plus.

— Nous pouvons aller sur le toit, suggère Fareed, en désignant la cage d'escalier de la tête.

Tomás ouvre la bouche pour l'interrompre, mais il s'empresse de continuer :

— Si nous essayons de sortir à l'avant de l'école, Tyler nous trouvera et n'hésitera pas à nous abattre.

Un moment de compréhension passe entre mon frère et moi.

— Nous devons quitter l'école au plus vite, finit par dire Tomás ; il regarde dans ma direction et je sens ses yeux brûler. Si nous atteignons le toit, la police nous aidera.

Je fixe un gamin allongé devant les portes de l'auditorium. La balle a déchiré son T-shirt *Dark Side of the Moon*. Il cligne des yeux. Sa respiration, un halètement grinçant, tenaille son corps. Son heure est venue. Il tient seulement le coup par peur de lâcher.

À quoi va-t-il rêver ?

Ma main trouve la lettre d'admission à Brown. Par habitude. Par confort – alors que la respiration du garçon se calme et qu'il s'en va.

J'espère qu'il a trouvé la paix.

....

TOMÁS

J'entraîne Sylvia vers l'escalier. Fareed nous suit. Nous nous déplaçons furtivement plutôt qu'en courant.

C'est de la folie de monter à l'étage, mais c'est notre meilleure option. Fareed a raison – les couloirs sont trop exposés. Il n'y a tout simplement pas d'endroit où se cacher. Le toit est plus sûr. De plus, si Tyler se risque à y venir, la police sera en mesure de l'arrêter.

Des tirs retentissent. Ils semblent proches – trop proches. Puis, les bruits s'estompent à nouveau. Nous lâchons un soupir collectif.

Sylvia tient à peine debout. Elle se cramponne à ma main.

— Tu es venu pour moi, dit-elle. Tu es revenu pour moi. Je n'arrive pas à croire que tu ne te sois pas enfui en courant.

Ses paroles me blessent, mais je ne crois pas qu'elle le remarque. Nous avons tellement pris l'habitude de nous repousser, même ces circonstances ne peuvent nous empêcher de le faire. Pourtant, là encore, le côté familier est confortable. Je pose ma main sur la sienne.

— Je reviendrai toujours pour toi.

Elle tremble.

— Quand Autumn... Je n'ai jamais imaginé... bafouille-t-elle. *Yo no sé lo que nos pasó.*

— Ça n'a rien à voir avec toi, dis-je.

Même si nous savons tous les deux que c'est un mensonge. Tout est lié à elle. À Autumn. À moi. Nous sommes tous concernés.

Elle a refusé de raconter ce qui a bien pu se passer entre elle et Tyler au bal de promo l'an dernier. Ils se sont disputés sur la piste de danse et il l'a suivie à l'extérieur. J'ignore ce qui a été dit, j'ignore ce qu'il a fait, mais je sais qu'il a fait du mal à ma sœur. Elle est revenue tremblante et effrayée. Je ne l'avais jamais vue comme ça. Et ce lundi-là, à l'école, quand je l'ai explosé contre les casiers – ce n'était pas la première fois – il a craché et m'a dit de ne pas le toucher. Je lui ai répondu que je le mettrais dans un plâtre intégral s'il reposait la main sur ma sœur.

Il n'a plus rien ajouté, et les élèves autour de nous ne nous ont même pas jeté un regard. Quand la cloche a sonné le premier cours, je l'ai laissé glisser au sol. Il n'était pas en littérature plus tard ce jour-là. Il n'a assisté à aucun cours, et je ne l'ai jamais revu – jusqu'à aujourd'hui.

Je pensais que ça nous soulagerait tous les deux. Je n'avais pas compris qu'elle avait toujours peur, pas avant ce matin, ce qui me semble être il y a une éternité.

— *Il* n'a rien à voir avec toi. Tu ne l'as plus revu depuis le bal de promo, si ?

Sylvia détourne le regard, et elle se ferme à moi, comme elle l'a fait l'été dernier. Et c'est comme si les pièces d'un puzzle se mettaient en place.

Elle est rentrée tard ce soir-là. J'étais assis sous le porche avec mamá, *j'ai dit à Sylv que j'avais fait du thé – pour une fois dans ma vie – et elle a vomi. Elle est restée au lit pendant des jours, et quand elle a émergé pour faire à nouveau face au monde, elle ne voulait pas me faire face. Et je n'ai jamais su pourquoi. J'aurais seulement pu le deviner. Bien sûr que j'aurais pu.*

C'est juste que je ne voulais pas savoir.

— Tomás.

Fareed claque des doigts devant moi.

— Il faut continuer à bouger.

Sylvia hoche la tête, et nous nous écartons des murs qui nous entourent, de l'odeur de poudre. Ce n'est qu'une fois à l'étage que je remarque que Sylvia n'a pas répondu à ma question.

....

AUTUMN

À la seconde où Ty a quitté l'auditorium, deux élèves ont commencé à se disputer pour savoir s'il fallait nous enfermer ou non. Leur prise de bec me donne mal à la tête.

— Et s'il revient ?

— Mais alors nous ne pourrons pas sortir.

— Nous devons le tenir à l'extérieur, c'est tout ce qui compte !

Pourtant, personne ne leur dit d'arrêter. Je me lève pour observer ce qui se passe. Les professeurs qui restent sont tous occupés par les blessés. Les blessés et les morts sont dispersés dans l'auditorium, mais des survivants apparaissent, se levant dans les coins, rampant hors des rangées de sièges. Certains soignent des blessés, faisant pression pour stopper les hémorragies, utilisant leurs chemises pour confectionner des bandages de fortune. D'autres semblent paralysés par la terreur. Leurs visages blêmes, striés de larmes, convergent tous vers un point.

Moi.

Ils me regardent avec faiblesse, colère, dégoût et peur. Où que je me tourne, il y a des gens qui me fixent. Pas seulement des élèves, mais des professeurs, aussi choqués que nous. Il n'y a personne ici que je puisse qualifier d'ami.

J'observe Matt, allongé, tremblant entre deux rangées. Si je reste ici, qui va empêcher Ty de faire du mal à Sylv ? Qui empêchera Ty de se faire du mal ?

Mon frère et ma petite amie. J'ai l'impression de les perdre tous les deux. Ça me fend le cœur.

Mais Matt compte sur moi. Si je suis Ty, qui va prendre soin de lui ? Je m'accroupis entre les sièges.

— Tu peux sortir ?

— Je suis coincé, je crois, répond Matt.

Même s'il tremble, je n'arrive pas à dire à quel point il est touché, mais il s'est clairement détendu depuis le départ de Ty.

— Je ne peux pas bouger les jambes.

Je ramasse ses béquilles et les éloigne du chemin.

— Prends ma main.

Il pose son téléphone au sol, saisit ma main dans les siennes. Sa prise est étrangement puissante, et il n'est pas difficile de le mettre en position quasi assise.

— Merci. Je n'aurais sans doute pas réussi tout seul.

Je n'ai pas le cœur de le lui confirmer. Je grimace en voyant le rouge qui s'infiltre à travers son T-shirt. Je ne peux pas l'abandonner.

— Attends ici.

Je fourre mes mains tremblantes dans mes poches et je tourne les talons, marchant vers le pupitre sur scène. Sur l'une des étagères se trouve le verre d'eau que la principale Trenton buvait pendant son discours.

Sur l'étagère du bas, il y a un kit de premiers secours. Je l'ai utilisé quelques fois pour des coupures ou des bleus durant mon entraînement de danse, quand je ne pouvais pas les soigner à la maison.

Je le prends et je retourne auprès de Matt. Le kit est lourd, imposant, et il est rangé là depuis la construction de l'école. Je l'ouvre et étale son contenu sur le sol, essayant de penser à la façon la plus intelligente de gérer la situation.

Le volume augmente dans l'auditorium. D'autres élèves font entendre leurs voix : « La police est là », « Les secours arrivent ».

— Si vous pouvez courir, faites-le, je suggère en haussant le ton. Si vous restez, il faut garder tout le monde en sécurité. Occupez-vous d'abord des blessures les plus graves. Que tous ceux qui ne sont pas blessés aident au confort des autres. L'un de vous a de l'expérience en premiers secours ?

— Qui t'a nommée chef ? demande une voix dure à travers la pièce.

CJ, qui a aidé à nous enfermer. Je la trouvais héroïque à cause de la façon dont elle a géré ça. Elle me regarde avec haine.

— C'est ton frère. Comment savoir que tu n'es pas comme lui ? Tu n'as rien fait pour l'arrêter.

— Elle a essayé, interrompt une autre voix sans que je voie à qui elle appartient.

Je baisse la tête et attrape des bandages pour aider Matt. CJ a raison. Je suis responsable. Elle pourra me détester autant qu'elle le voudra une fois que nous aurons survécu à tout ça.

— Qui est en contact avec la police ? je demande.

Plusieurs personnes lèvent la main ou leur téléphone.

— Pouvez-vous leur faire part de la situation ? Nous avons besoin d'urgentistes avec des civières.

Même si c'est la seule chose que nous puissions faire.

À : Trace
Je ne sais pas trop quand tu liras ça. Je voulais juste te dire que te voir pour mon anniversaire était le meilleur des cadeaux.

CHAPITRE DIX-HUIT

10 h 37 – 10 h 39

TOMÁS

— Voilà comment on va faire, dit Fareed, jetant alternativement des regards entre la cage d'escalier et le couloir devant nous.

Les portes à chaque bout du corridor sont fermées, et les lumières sont plus faibles ici.

— Ces salles de classe ont des issues de secours qui donnent sur le toit. Nous devons trouver une pièce ouverte et nous y barricader. Vous deux, commencez par là. Je me charge de l'autre côté. Restez silencieux ; faites signe quand vous trouvez quelque chose.

Sylvia semble sur le point de protester, mais Fareed sourit avant d'ajouter :

— Ne t'inquiète pas pour moi.

Il tapote le mur avec un des tournevis qu'il porte, et son accent ressort plus qu'avant.

— Tu m'as vu ? Qui voudrait me faire du mal avec d'aussi beaux yeux ? Fais en sorte de rester en sécurité.

Il me regarde autant que Sylvia.

— Et si aucune des portes ne s'ouvre ? objecte-t-elle.

L'étage n'a qu'un long couloir, qui fait le tour de l'auditorium. Les salles de sciences d'un côté ont des fenêtres qui donnent sur le toit des salles de classe du rez-de-chaussée. De l'autre, les salles d'étude mènent au toit à l'avant de l'école. Mais peu importe quel toit nous choisirons, il sera plus difficile de se protéger si Tyler se pointe à nouveau.

— Eh bien, mourir est notre seule solution alternative, et je ne suis pas d'humeur aujourd'hui.

Je fais cliqueter la poignée ; comme elle ne s'ouvre pas, je me recule et y donne un coup de pied. Mon talon ne fait pas bouger la serrure.

Fareed ajoute :

— Nous sommes arrivés jusqu'ici. Nous n'allons pas abandonner maintenant.

— Oh, Obi-Wan Kenobi, que ferais-je sans toi ?

Je roule des yeux exaspérés mais, en fait, je me sens mieux.

— Avoue que je suis ton seul espoir, répond Fareed.

Et c'est vrai. Il est mon complice depuis le tout premier jour. Il se trouvait à mes côtés quand Tyler et moi nous sommes battus, mais aussi quand *mamá* a commencé à partir. Il gardait un œil sur Sylv quand elle me tenait à l'écart.

Nous vérifions les portes des deux côtés du couloir. Après les coups de feu dans l'auditorium, le cliquetis des serrures fermées semble presque aussi fort. Mais nous accomplissons notre tâche rapidement. Et quand Sylvia croise mon regard, je risque un sourire encourageant. Entre nous trois, il n'y a personne avec qui j'aimerais plus être aujourd'hui. Ensemble, nous sortirons. Ensemble, nous survivrons.

Ensemble, nous serons assez forts pour affronter ce qui nous frappe.

C'est ici que tout s'achève.

……..

AUTUMN

Impossible de ne pas écouter les conversations téléphoniques étouffées. Impossible de ne pas se demander ce qui se dit à l'autre bout du fil. « Nous ne pouvons rien pour vous » ? « Les secours sont en route » ?

Je retourne auprès de Matt et passe à côté de la rangée où gît le corps de Nyah. Je ne peux pas la regarder, pas quand la douleur et la culpabilité me submergent à chaque pas.

Je m'accroupis.

— Matt ? Tu tiens le coup ?

Il tremble.

— Ça va.

— Les équipes du SWAT sont là, s'écrie un garçon au téléphone. La police aussi. Ils seront bientôt à l'intérieur !

Ses mots s'élèvent tel un doux encouragement. Puis, il se met à pleurer, de gros sanglots étouffants qui se changent en rire avant de repartir en larmes.

— Tu vois, on va sortir d'ici.

Je fais un clin d'œil à Matt et me sens immédiatement stupide – comme s'il avait huit ans alors qu'il est dans le niveau juste en dessous du mien.

Son sourire est un peu plus faible désormais, mais il est sincère. Il tire sur son T-shirt, et quand sa main se retrouve ensanglantée, il la fixe.

— Oh.

Je veux dire quelque chose, n'importe quoi, mais quoi ? « Désolée que mon frère t'ait tiré dessus » ? « Désolée de n'avoir rien pu faire » ? À la place, je me contente d'un signe de tête en direction du téléphone près de lui.

— Tu devrais peut-être essayer d'appeler chez toi.

Pile quand je dis ça, le téléphone s'allume et affiche un numéro inconnu. Matt le fixe mais n'ose pas décrocher.

— Je peux ? demande-t-il, la terreur étouffant sa voix.

Malgré moi, je souris.

— Je crois que ça va aller.

Quand l'écran s'éteint à nouveau, Matt touche le portable comme s'il allait le brûler.

— Tu vas poursuivre Ty ?

Je m'assieds à côté de lui et prends sa main dans la mienne. Je secoue la tête.

— Oui, mais pas tout de suite. Je vais rester avec toi. Jusqu'à ce qu'on te fasse sortir.

— Merci.

Le téléphone vibre à nouveau.

— Tu es en sécurité, Matt.

Il décroche.

……..

CLAIRE

— Matt ?

Ma voix se brise.

— Tu vas bien ?

Je m'assieds sur le béton et serre fort le téléphone que Chris m'a fourni – d'un des officiers ou d'un des parents, je ne sais pas. J'entends la respiration lourde de mon frère, et quand il parle, sa voix semble plus distante, plus sourde.

— Claire ? Je me suis caché sous les sièges. Il ne m'a pas vu.

— J'étais si inquiète... Je suis désolée de ne pas être là... Je suis tellement heureuse que tu ailles bien !

Je bute sur tout ce que je veux lui dire. Je veux traverser le téléphone pour m'assurer qu'il est vraiment sain et sauf.

— Matt, je suis avec la police. Tout va bien se passer, d'accord ?

Je suis presque sûre que Matt hoche la tête, comme il fait toujours au téléphone. Puis il s'éclaircit la voix.

— Tyler n'est plus parmi nous.

— Tyler n'est plus parmi nous ? je répète.

Chris se penche pour écouter aussi. *Ty s'est suicidé ?* Mon cœur chavire.

— Il est sorti de l'auditorium en courant.

Je ferme les yeux, reconnaissante que Tyler aille bien, malgré ce qui s'est passé, mais la voix de Matt est de plus en plus faible à chaque mot. Je devrais le rassurer, mais cette information est importante. Elle pourrait aider les équipes du SWAT.

— Où est-il allé ?

— Je ne sais pas. Je ne suis pas sûr qu'il ait décidé de revenir. Il ne reviendra pas, si ?

— Bien sûr que non.

Je fais signe à Chris d'aller chercher un officier de police quand une autre voix se fait entendre.

— Il ne reviendra pas. Il doit savoir que la police est dehors. Il va tenter de sortir.

Mon souffle s'arrête. *Autumn. La sœur de Ty.* Je ne la connais pas bien, mais Ty parlait souvent d'elle. Elle a toujours été la personne la plus importante pour lui.

— Autumn ?

— Salut, Claire, dit-elle platement. Je suis désolée.

Je me mords la lèvre.

— Moi aussi.

De ma main libre, je griffonne ce que Matt m'a dit sur un bout de papier puis j'ajoute *Autumn Browne*. Chris court vers la tente de commandement, où tout le monde observe les plans de l'école. Un officier fait un signe de tête à mon camarade et ils reviennent vers moi.

— Ils vont nous tirer de là ? demande Matt.

— Bien sûr, je réponds. La police va venir vous aider. Tu vas t'en sortir, Matt.

L'officier me lance un regard sans équivoque, tentant d'obtenir mon attention, bien que je ne sois pas prête à partager le téléphone.

— Matt, une petite seconde.

— C'est votre frère ?

Mes mains tremblent.

— Oui, monsieur.

— Puis-je lui dire deux mots ?

Je lui tends le portable, et l'officier se met à parler. Je défais ma queue-de-cheval, replace mes cheveux sur mes oreilles pour occuper mes mains – pour ne pas arracher le téléphone et partir en courant avec, parce que c'est ma seule envie. J'ai besoin d'entendre la voix de Matt. Besoin de savoir qu'il est sain et sauf. Besoin de lui dire que tout va bien se passer.

....

SYLV

Une fois la première ruée de personnes fuyant l'auditorium passée, le silence dans les couloirs me submerge. Je n'arrive pas à croire qu'Autumn soit toujours là-bas. Je n'arrive pas à croire qu'on l'ait abandonnée.

Un an plus tôt, quelques jours avant Thanksgiving, Tomás, abuelo, *et moi avons organisé une fête surprise pour l'anniversaire d'Autumn. M. Browne avait quitté la ville et emmené Tyler avec lui à une foire. Je savais que c'était le meilleur cadeau qu'ils pouvaient lui faire, mais je voulais lui donner mon propre présent.*

*Vers minuit, nous avions mangé tout ce qu'*abuelo *avait cuisiné et terminé de regarder le dernier film de notre bref marathon de films de danse niais. On aurait dit que tout Opportunity dormait en la raccompagnant. Il y avait peut-être dix minutes de trajet entre chez moi et chez elle, pas plus. À part quelques porches éclairés, les maisons étaient drapées d'obscurité, ce qui nous donnait l'illusion de solitude.*

Je n'avais qu'une envie : l'embrasser, mais nous nous sommes contentées de nous tenir la main. C'était l'acte le plus courageux que nous ayons jamais fait.

« C'est l'heure du crime », a dit Autumn.

Son sourire a disparu et ses yeux se sont faits distants.

« Tu crois qu'il y a des fantômes à Opportunity ? Des secrets qui perdurent ? Des légendes qui resteront bien après notre mort ? »

Ses mots m'ont donné la chair de poule, mais avant que je ne puisse répondre, elle a changé de sujet.

« Je vais auditionner pour Juilliard. Je ne sais pas encore comment et je suis sans doute folle de croire que j'ai une chance, mais je dois essayer. Tu veux bien m'aider ? »

J'ai caressé la paume de sa main avec mon pouce. Je détestais qu'elle se sente obligée de me poser la question.

« Bien sûr que oui. — Bien. »

Elle a souri, malgré le fait que les ombres obscurcissaient son visage en grande partie.

« Parce que si je reste ici, je ne crois pas que j'aurai de l'importance. À ma mort, je veux laisser un héritage – à la Royal Opera House, au Royal Ballet, dans la petite troupe d'un théâtre de plein air quelque part, même dans l'école de théâtre d'un petit village. Mais pas à Opportunity. Pas dans un endroit où je n'ai pas ma place. — Et tu n'auras pas à rester. Nous allons te faire entrer à Juilliard », ai-je *répondu, même si, égoïstement, j'avais envie de la garder à Opportunity. Parce qu'avec elle, je me sentais humaine et importante. Abuelo dit toujours qu'il y a deux types de personnes en ce monde : celles qui appartiennent au sol et à la bonne terre riche, plantant leurs graines pour fleurir, et celles qui appartiennent à la route et à l'horizon infini, portant leur maison sur leurs épaules où qu'elles aillent.*

La vie a fait d'Autumn une personne errante.

Mais quand nous sommes arrivées sous le porche sombre de sa maison vide, elle se tenait encore à mes côtés et inversement. Et avant qu'elle ne puisse penser à mille et une raisons de faire attention à ce que les voisins pourraient voir, je me suis penchée, j'ai pris ses joues au creux de ma main et je l'ai embrassée.

Jay (@JEyck32) -> Kevin (@KeviiinDR)

Kev, pitié
10 h 38

Jay (@JEyck32) -> Kevin (@KeviiinDR)

Je voulais te demander d'être mon cavalier au bal de promo, tu sais. Tu m'aurais ri au nez. (Mais avec un peu de chance, t'aurais dit oui.)
10 h 39

CHAPITRE DIX-NEUF

10 h 39 – 10 h 42

AUTUMN

Le portable est par terre devant nous sur haut-parleur. Matt est calé contre mes genoux, une main serrée autour de la mienne. Cette position inclinée semble être la plus confortable pour lui. Il a vu le sang étalé sur son T-shirt, mais je ne crois pas qu'il comprenne à quel point c'est sérieux. Il traite ça comme une légère contrariété.

L'auditorium est silencieux. Même au plus fort de la colère de Ty, des élèves chuchotaient et sanglotaient. Ce silence est confortable pour la première fois.

La police sera bientôt là, et je me laisse endormir par l'idée que la vie normale va reprendre son cours. Demain sera un jour comme les autres, comme si ce cauchemar n'était jamais arrivé.

Quand l'officier à l'autre bout du fil nous dit de patienter, j'appuie ma tête contre le siège – la coupure sur ma joue m'élance, la douleur traverse mon visage – et je presse la main de Matt

— Tu te sens mieux ?

— Je savais que Claire m'attendait, dit-il. Elle avait entraînement d'athlétisme. Elle a râlé toute la matinée. Elle déteste le froid.

Il reste silencieux un moment.

— J'ai dit à Chris de glisser un peu de neige au bas de son maillot s'il le pouvait.

Son ton terre à terre me fait sourire, mais je ne peux nier que sa voix faiblit. Et je ne sais pas quoi faire à part continuer à lui parler.

— Si j'avais un frère comme toi, je l'attendrais avec des boules de neige. Même si tu es sans doute bien meilleur lanceur que moi.

Il se recale contre ma jambe et je le sens se détendre.

— Tu crois qu'il va vraiment y avoir de la neige ? J'aimerais en voir au moins une fois. Tracy – ma grande sœur qui est dans l'armée – m'a dit qu'il avait neigé quand elle était au collège. Des jours à l'avance, tout le monde avait fait des provisions comme si c'était la fin du monde. Les cours avaient été annulés et les magasins fermés. Puis il a neigé. De gros flocons duveteux. Pendant environ deux heures.

Son rire se change en toux.

— Donc tout le monde a eu la journée libre pour rien.

Je me rappelle ce jour. Maman m'avait appris à faire des anges, même s'il y avait à peine assez de neige. J'étais hypnotisée par tout ça, mais je détestais la façon dont le froid s'infiltrait à travers mon manteau et mes vêtements. C'est la dernière fois que nous avons eu de la vraie neige et non pas cette rosée givrée que nous prenons pour de la neige ces jours-ci.

Matt continue :

— Claire ne ferait pas de bataille de boules de neige. Depuis le départ de Tracy, elle a oublié comment s'amuser. Elle s'inquiète trop.

— C'est peut-être le cas de tout le monde, dis-je.

Nous nous inquiétons tous peut-être trop pour nos frères et sœurs.

— Quand papa me criait dessus, Ty m'écoutait. Quand maman me manquait, il me réconfortait. Il m'a toujours dit qu'il prendrait soin de moi. J'aurais aimé pouvoir faire pareil pour lui.

Je ne sais pas pourquoi je lui dis ça, mais ça fait du bien de l'exprimer à voix haute. Matt reste silencieux un long moment. Quand il reprend la parole, sa voix s'est presque entièrement évanouie.

— Tu n'as pas à t'en vouloir pour la décision de ton frère. C'est ce que Claire m'a dit quand Tracy s'est engagée. J'avais tellement peur. Je ne voulais pas qu'elle parte, donc je l'ai repoussée. Mais Claire m'a expliqué que Trace ne le faisait pas à cause de moi. C'était sa décision. Je pouvais la soutenir, je ne devais pas culpabiliser.

Je presse sa main.

— Tu es un frère formidable. Tu remplis tes sœurs de fierté.

Il tente de se tourner vers moi. Il est faible. Mes doigts restent autour des siens ; c'est tout ce que je peux faire pour l'empêcher de me quitter.

— Autumn ?
— Oui ?
— Je suis si fatigué.

....

TOMÁS

L'absurdité du règlement intérieur de l'école. Pourquoi fermer à clé toutes les salles de classe entre les cours ? Personne de sensé n'irait voler les biens du lycée. Les manuels et les ordinateurs scolaires imposants n'en valent pas la peine.

Nous atteignons l'angle lorsque des coups de feu résonnent depuis l'étage inférieur. Nous nous figeons, Fareed agitant une poignée, Sylvia au milieu du couloir. Les tirs se rapprochent, et je la traîne contre une porte avec moi car elle ne peut pas devenir la prochaine victime. Elle lutte comme si elle ne comprenait pas que c'était moi, puis elle se calme.

Fareed avance petit à petit vers notre côté du couloir.

— Il faut continuer à bouger, murmure-t-il.

— La salle de Mme Miller ? je demande.

Il hoche la tête.

Je prends la main de Sylv et la tire derrière moi. Nous nous précipitons vers l'une des dernières portes, avec sa serrure légèrement brûlée, caractéristique. Je l'ai accidentellement « cassée » avant les vacances d'hiver. Ou plus précisément, je l'ai fait sauter.

À présent, j'ouvre la porte facilement. Bien que nous n'ayons plus à nous inquiéter d'être enfermés à l'extérieur, nous ne sommes pas non plus à l'abri à l'intérieur. Mais Far a raison. Nous devons continuer à bouger.

Je traîne Sylv, et Fareed ferme la porte derrière nous. Il s'appuie contre elle, et nous nous arrêtons tous un instant. Je n'entends aucun pas, mais je doute que nous puissions entendre approcher quelqu'un qui ne veut pas se faire remarquer. Ça me fout les jetons. Tyler pourrait arriver à tout moment, et nous n'en saurions rien.

J'observe la pièce.

Les lourdes paillasses sont fixées au sol, impossible de nous en servir comme barricades. Sylv pousse l'un des grands placards mais il ne bouge pas. Elle tremble.

— Aurions-nous pu arrêter Tyler ? murmure-t-elle.

Je soupire.

— Avec des superpouvoirs, peut-être.

Sylv lève les yeux au ciel, et dans n'importe quelle autre situation, elle aurait répondu avec un chapelet des insultes préférées d'*abuela*.

— Ce n'est pas ce que j'ai voulu dire.

Son exaspération me donne envie de la prendre dans mes bras.

En même temps, je ne peux m'empêcher de me poser des questions similaires. *Avons-nous bien fait ? Est-ce qu'ouvrir les portes de l'auditorium a donné une chance aux gens ou est-ce que ça a causé plus de morts ?*

— Nous avons tous fait de notre mieux, lui dis-je.

— Mais, et si…

— Ce n'est pas ta faute. Personne ne peut et ne va te blâmer. Sauf si tu restes ici et que tu te fais tuer, parce que, dans ce cas, tu n'as pas fini d'en entendre parler. *Allez*, ouvrons ces fenêtres, je chuchote plus fort.

Je traverse la pièce et ouvre le verrou d'une vitre. Le toit à l'extérieur est plat, mais il n'y a nulle part où se cacher. Tyler n'a qu'à se tenir à la fenêtre pour nous abattre.

Fareed escalade le rebord de la fenêtre et fait signe à Sylvia.

Elle hésite.

— Et si j'avais pu le faire arrêter ?

Sa voix est presque inaudible, mais elle me coupe dans mon élan.

Elle refuse de me regarder dans les yeux.

Je me glace.

— Sylv, qu'est-ce qu'il t'a fait ?

....

CLAIRE

Les médecins, les officiers de police, les équipes de journalistes, les parents – un silence s'abat sur la foule. Devant l'école, trois équipes du SWAT se préparent à pénétrer dans le bâtiment : une pour sécuriser la zone et deux pour rejoindre l'auditorium. La police nous a déjà avertis qu'il serait impossible de sortir les blessés tant que l'école ne serait pas sécurisée. Ça ferait d'eux des cibles. Mais ils vont prendre soin d'eux, et ils vont en sauver le plus possible.

Je fixe le portable qui est toujours par terre face au policier et moi.

Oh, pitié, faites que Matt puisse marcher – courir – avec ses béquilles. Même s'il est fatigué.

J'ai besoin de lui à la maison, pour pouvoir être la sœur qu'il pense que je suis.

Chris pose une main sur mon épaule.

À l'anniversaire de Matt, Chris et lui ont joué sur la pelouse. Matt avait prêté une paire de béquilles à Chris pour qu'ils puissent tous deux se tenir en équilibre sur une béquille, utilisant l'autre dans un simulacre de bataille. Leur respiration formait des nuages dans le froid, mais aucun d'eux ne portait de manteau, au grand dam de maman. Matt se fichait du froid. Il sautait, bien que ses jambes puissent à peine le porter. Il courait sans craindre de tomber. Et Chris le traitait comme le petit frère qu'il n'avait jamais eu, le prenant en chasse et se faisant poursuivre. C'était si bon de les voir aussi heureux tous les deux.

J'avais eu un gâteau d'anniversaire sur le thème de Star Wars *pour Matt à la boulangerie.*

« Ils ne vont plus avoir faim si nous sortons ça maintenant, m'a dit maman en posant des assiettes sur la table. — Pour des frites ? Je ne pense pas que ça compte, maman. En plus, vu comme Matt a couru, il va avoir une faim de loup. »

J'ai passé ma tête à l'extérieur et j'ai crié « À table ! » à travers la cour, avant de placer l'argenterie à chaque place.

« Je serais soulagée que ce soit le cas. Il se sentait un peu nauséeux ces derniers temps. »

Je l'ai regardée furtivement.

« Tu en es sûre ? Il n'a pas perdu de poids. »

Elle m'a fait un bref signe de tête.

« Papa et moi devons discuter avec son médecin. Si c'est lié à ses reins, il se pourrait qu'il doive être... »

Elle a avalé le « hospitalisé » comme Chris et Matt arrivaient maladroitement dans la cuisine. Maman m'a lancé son meilleur regard de « On en parlera plus tard ». Avec papa qui faisait des heures supplémentaires pour payer les frais médicaux et Tracy à l'étranger, maman se confiait de plus en plus à moi. Et je détestais savoir que même l'infection la plus ridicule pouvait menacer la vie de mon frère, simplement parce que le lupus compliquait le travail de son système immunitaire – situation normale merdique.

J'aurais préféré rester dans la félicité de l'ignorance qu'affronter la possibilité de perdre Matt.

« Génial... » Matt regardait son gâteau. « Il faut prendre une photo ! »

Maman a sorti son appareil du comptoir et a zoomé sur lui et Chris, se tenant de chaque côté du gâteau. Maman faisait des scrapbooks, et récemment Matt avait repris ce passe-temps. Au départ, je trouvais ça étrange, mais quand Tracy est partie pour l'entraînement, j'ai commencé à comprendre la valeur de souvenirs tangibles.

Alors que nous étions attablés, Matt à la place de papa car il travaillait à nouveau tard, une part de tarte et une figurine Han Solo devant l'ordinateur pour Trace, le soleil s'est couché et la nuit est tombée. Dans notre cercle de lumière, nous étions une famille. Je voulais qu'il en soit ainsi pour toujours. Pas de Matt se tordant de douleur et de maman le réconfortant jusqu'à ce qu'il s'endorme avant d'aller pleurer dans sa chambre jusqu'au retour de papa. Mais comme Trace me l'a appris : si tu as peur, pense à demain, parce que demain sera un autre jour. Demain, il y aura de nouvelles chances. Demain, je serai à la maison.

Des cris résonnent dans le téléphone, puis la voix d'Autumn.

— Ils sont là, Matt. Les équipes du SWAT sont là.

Je pleure de soulagement et je me presse contre Chris. Je suis prête pour un nouveau jour, un nouveau départ. Je lève les yeux et effleure les lèvres de Chris avec les miennes.

Il se fige. Puis il suit le mouvement et m'embrasse en retour. C'est comme si j'ignorais où il s'arrête et où je commence.

C'est la première chose qui me semble juste de toute la journée.

— Ne me quitte jamais, je murmure.

— Jamais de la vie.

Ses mots sont chauds contre ma peau. Il se penche et m'embrasse à nouveau comme si c'était la fin du monde. Et, en réalité, c'est le cas.

....

SYLV

— Sylvia, qu'est-ce qu'il t'a fait ? répète Tomás.

Il se tient devant moi, ses yeux lancent des éclairs. Ils ressemblent tellement à ceux de *mamá*, marron avec des touches de vert. Il enfonce son poing dans le mur, et ça franchit tous les mots non dits ces derniers mois.

Avant que mamá *tombe malade, la vie était plus belle et Tomás et moi étions inséparables. Un été, quand nous avions douze ans, nous sommes restés à la ferme et avons fait le mur presque toutes les nuits pour chercher des trésors perdus sur place et dans les bois. Mamá ne le savait pas, et* abuelo *dormait pendant nos fouilles – ou il faisait au moins semblant. Nous vivions les meilleures aventures ensemble – jusqu'à ce que je grimpe sur le toit du garage par défi, que je tombe et que je me foule le poignet.*

Nous avions tellement peur. Je ne voulais pas réveiller abuelo *ou le dire à* mamá*, mais la douleur me rendait malade. Nous nous sommes cachés. Tomás est rentré par la fenêtre de la cuisine prendre de la glace pour mon bras* *et explorer les placards en quête d'un en-cas pendant que j'attendais dans notre vieille cabane.*

À son retour, nous avons bu de la limonade et mangé des barres chocolatées jusqu'à ne plus en pouvoir. Tomás faisait des avions en papier avec les emballages. La douleur s'est apaisée.

Alors que l'aube chassait l'obscurité, nous avons trié les trésors de la nuit – des billes, une vieille paire de chaussures, et le crâne quasi intact d'un renard. Tomás n'en avait que pour le crâne.

« C'est un bout d'histoire », a-t-il dit. « C'est un renard », ai-je contré. Je tenais les chaussures, de vieilles bottes de randonnée en cuir. « Mais ça ? C'est une histoire. » Il a levé les yeux au ciel et j'ai souri. « Pas seulement une histoire, un secret. Et à nous de garder tous ces secrets. »

Si nous mourons ici, aujourd'hui, je n'ai pas envie qu'il pense m'avoir laissée tomber.

Je tends la main vers lui et me maudis en sentant les larmes ruisseler le long de mes joues. Je ne veux pas qu'il sache que Tyler m'a violée pour la même raison que je ne veux pas que *mamá* le sache. Je veux qu'elle se souvienne de moi heureuse. Aucun d'eux n'aurait pu l'empêcher. Opportunity a tant de secrets.

Tout ce qui compte à présent, c'est que nous soyons ensemble – nous sommes en vie.

— Rien. Il n'a rien fait.

Les Aventures de Mei

Position actuelle : Lycée d'Opportunity

>> Je n'ai jamais vu autant de familles et d'amis d'élèves au même endroit. Ni à la remise des diplômes. Ni au bal de promo. Il y a même certains de mes anciens camarades de classe. Des diplômés qui n'ont jamais quitté Opportunity. Nous nous soutenons mutuellement.
Des élèves sortent de l'école en courant. Il y a des survivants. Mais ça rend les choses plus difficiles quelque part. Il y a tant de visages que nous ne voyons pas. Sont-ils perdus à jamais ? Je ne vois pas mon père. Je ne le trouve nulle part. Nous nous accrochons tous à nos planches de salut. Nos portables. Nos souvenirs. Nous. Je me sens tellement inutile. Aucun de nous ne sait quoi que ce soit.

Commentaires : <désactivés>

CHAPITRE VINGT

10 h 42 – 10 h 44

AUTUMN

Quand la porte de l'auditorium s'ouvre en grand, les élèves hurlent. Je me penche pour voir ce qui se passe. Une demi-douzaine d'officiers portant l'uniforme du SWAT envahissent l'allée principale.

J'appuie doucement Matt contre un sac à dos. Son visage est terreux, les angles plus nets que la première fois que je l'ai vu. Ses lèvres deviennent bleues, déformant les mots qu'il veut prononcer.

Une autre demi-douzaine d'officiers du SWAT suivent le premier groupe, se déployant en éventail à travers l'auditorium. Ils indiquent que l'espace est sécurisé. Un des officiers les plus proches de Matt et moi jure dans sa barbe avant de prendre sa radio pour faire un rapport de la situation.

Je me remets sur pied et crie pour que quelqu'un m'aide. Je me penche au-dessus de Matt pour entendre ce qu'il dit, mais ses mots meurent sur ses lèvres et ses yeux commencent à ne plus réussir à faire le point. Je souris, dans l'espoir qu'il puisse me voir, dans l'espoir qu'il pense que je l'ai compris.

— Quand il neigera, nous ferons une bataille de boules de neige et nous entraînerons tes sœurs, dis-je. Elles ne refuseront pas... pas quand je leur dirai à quel point tu as été courageux aujourd'hui.

Quelque chose brille dans son regard – un sourire qui n'atteint jamais ses lèvres. Ses yeux se détournent de moi alors qu'un membre du SWAT approche. Je me décale et il s'accroupit à côté de Matt pour l'examiner.

— Pouvez-vous l'aider ?

Sous la visière de son casque, l'officier fronce les sourcils. Ses yeux sont préoccupés.

— Nous devons vous faire sortir d'ici, toi et tous ceux qui peuvent courir, le plus vite possible.

Je secoue la tête.

— Mais pouvez-vous l'aider, *lui* ?

— Quand ce sera sûr, nous enverrons des équipes médicales pour les blessés.

Je le regarde, et, presque imperceptiblement, il secoue la tête.

— Il faut sortir d'ici. Il n'y a rien que nous puissions faire.

— Vous plaisantez.

Je me recule.

— Allez. Tu dois sortir, répète-t-il.

Matt est livide, mais il hoche lentement la tête.

Dans tout l'auditorium, des élèves et des professeurs sont conduits vers les sorties. Ceux qui peuvent encore marcher le font. D'autres prêtent main-forte. Et les blessés graves sont abandonnés dans une pièce pleine de morts.

Ils ne me laisseront pas rester avec Matt, mais je ne peux pas partir. Pas en sachant que Sylv erre quelque part dans l'école. Pas avec Ty encore dans les parages. Parce que Matt a raison : Ty est mon frère. Il le sera toujours, quoi qu'il arrive.

L'officier me conduit vers un groupe d'élèves qui attendent près d'une porte le signal pour être escortés à travers l'école. Personne ne se regarde dans les yeux, et c'est presque un soulagement. S'ils sont tous aussi concentrés sur l'idée de sortir, personne n'essaiera de m'empêcher de rester.

....

CLAIRE

Les lèvres de Chris bougent, mais je n'entends pas ce qu'il dit. Je m'accroche au téléphone. Par-dessus les voix de l'auditorium, je n'entends que la question : *Pouvez-vous l'aider ?*

Il n'y a rien que nous puissions faire.

Chris place sa main sur mon bras, mais je l'ignore.

— Matt ?

Tout est silencieux pendant si longtemps que je me convaincs qu'il est trop tard. Puis il y a une légère toux.

— J'ai tellement froid, Claire.

Je trouve une chaise pliante vide et je m'assieds.

— J'ignorais que tu étais blessé.

— Je ne voulais pas t'en parler. Tu te fais trop de souci.

J'essaie de sourire.

— Gros bêta, c'est pour ça que je suis là. Je m'inquiéterai toujours pour toi.

— Il n'a pas fait exprès de me tirer dessus, dit-il. Il...

Matt se remet à tousser, mais il semble sur le point de s'évanouir.

Tyler lui a *tiré dessus*. Mon ex a tiré sur mon frère. Et Matt tente encore de le protéger – comme *j'*ai tenté de le protéger.

— Garde tes forces, lui dis-je doucement. Ils vont revenir te chercher. Et je serai là. Je t'attendrai. Tu te rappelles, je t'ai promis qu'on allait décorer tes figurines ? Nous ferons ça quand tu seras à la maison. Les docteurs vont te retaper. Comme toujours.

Ma voix se brise ; je tente de le cacher.

— Quand Trace sera en permission, nous irons à la mer ensemble, tous les trois. Comme avant.

Matt tousse à nouveau, mais j'imagine qu'il sourit. Ma tête semble si légère, comme si je courais encore et que je n'avais pas pu respirer depuis des jours.

— J'aimerais bien, répond-il.

Je voudrais pouvoir le serrer contre moi et lui promettre que tout va bien se passer, parce que Tracy et moi allons toujours nous occuper de lui. Comment lui dire ça maintenant ?

— Tu sais, de nous trois, tu as toujours été le plus cool. Tu es créatif. Tu es tellement courageux.

J'ai toujours voulu lui dire ça.

— Je suis vraiment désolée. Je devrais être là pour toi.

Chris s'agenouille à côté de moi. Il sait immanquablement quand j'ai le plus besoin de lui.

Mes mots rencontrent le silence. Je laisse le temps à Matt de reprendre son souffle, mais je ne l'entends plus respirer.

— Matt ?

Mes doigts sont glacés.
— Matt ? Matt !

....

SYLV

Une bourrasque de vent frais souffle.

— Nous serons bien sur le toit, affirme Fareed en se penchant à l'extérieur.

— Il n'y a pas vraiment de couverture, mais si nous restons proches du bâtiment, de l'intérieur, ça ne devrait pas être trop évident que nous sommes là dehors.

Je réprime une soudaine envie de vomir. Nous sommes piégés dans ce labo. Je préfère encore être piégée au grand air – bien que ce soit sur un toit. Même si nous pouvions bloquer la fenêtre – ce qui est impossible – Tyler n'aurait besoin que d'une balle ou de la crosse de son pistolet pour briser la vitre et nous atteindre. Cependant, c'est notre seule solution alternative à retourner dans le couloir, ce qui causerait aussi notre mort.

Fareed escalade le rebord.

— Au moins, il ne pleut pas.

Fareed sur le toit et Tomás à l'intérieur, ils m'aident à passer à travers la fenêtre ouverte. C'est un peu trop haut pour être escaladé facilement, et je ne suis pas aussi agile qu'Autumn, mais je réussis à lever la jambe et à la redescendre.

Une fois assise sur le rebord de la fenêtre, Tomás fait signe à Fareed.

— Regarde si tu peux alerter la police.

Fareed fronce les sourcils.

— S'il y a quoi que ce soit, nous sauterons. Je préfère avoir les jambes cassées et être en vie.

— Pensée agréable.

Tomás lève les yeux au ciel.

— Essaie de trouver une autre solution si possible. Et prends soin de Sylvia, d'accord ? Elle a le vertige.

Fareed ouvre la bouche, sans doute pour lui dire de le faire lui-même. De qui se moque-t-on ? Je n'ai pas peur du vide aujourd'hui. Ce n'est plus le cas. Fareed referme la bouche et hoche la tête.

— Fais attention, d'accord ?

— Tu me connais, monsieur Sécurité.

Avant que Fareed ne puisse dire quoi que ce soit d'autre, Tomás s'approche de moi. Des coups de feu se font à nouveau entendre, et il m'attire vers lui.

— Rien de tout ça n'est ta faute, dit-il dans mes cheveux. Tu n'aurais pas pu l'arrêter, même si tu avais parlé à quelqu'un. Je t'aime.

Et je sais que peu importe le nombre de secrets que je pourrais avoir, il sera toujours là pour moi.

Je me sens en sécurité.

……..

TOMÁS

J'espère qu'elle va retrouver le sourire. Elle est tellement jolie quand elle sourit. Ça n'a rien d'étonnant. Elle a les mêmes gènes que moi, bien sûr.

— Je suis désolé qu'on se soit autant disputés cette année. On a perdu tellement de temps. Si j'avais su...

Elle me serre plus fort.

— Si tu avais su, nous nous serions quand même disputés. C'est ce que nous faisons de mieux.

C'est vrai. Bien sûr que c'est vrai.

Privilège de jumeaux.

Je fais durer ce moment autant que je l'ose – Sylvia sur le rebord de la fenêtre, dos à la liberté, et moi face à elle.

Le temps s'arrête suffisamment longtemps pour que je puisse lui dire :

— Tu sais, tu n'es pas la seule à avoir des secrets. J'ai toujours voulu étudier l'archéologie, comme un Indiana Jones des temps modernes mais un peu moins raciste. Concentre-toi sur ton propre héritage. J'ai toujours pensé qu'*abuelo* aimerait ça. Dis-lui, d'accord ?

Peut-être qu'il finira par comprendre.

— Dis à *mamá*... Je... je ne sais même pas. Dis-lui que j'ai crocheté les serrures de l'auditorium et que mettre de la Super Glue dans le bureau de M. Herrera était la meilleure décision que j'aie prise. Parle-lui de la fois où on a mis du colorant dans le lait de la cafétéria pour qu'il devienne vert. Et de la fois où on a caché des poulets dans la salle des profs. Dis-lui que j'ai demandé à la plus jolie fille de l'école de sortir avec moi aujourd'hui et qu'elle n'a même pas dit non.

Ma voix se fait plus forte alors que je l'aide à passer par la fenêtre. Elle est tellement absorbée par ce que je lui raconte qu'elle n'a même pas l'air effrayée quand Fareed l'aide à descendre sur le toit.

Je m'attends à ce qu'elle râle ou se moque de moi, mais ses yeux sombres sont sérieux. Et, en cet instant, je l'aime d'être là.

— Merde, dis à *mamá* que j'ai eu une sœur fantastique. Dis-lui que j'ai eu les amis les plus géniaux.

L'air à l'extérieur est sec, et je peux presque sentir la promesse de neige.

— Dis-lui que j'ai été heureux, d'accord ?

Je souris.

— Dis-lui que j'ai été heureux et ne la laisse pas m'oublier.

Sur ces mots, je lâche les mains de Sylv. J'espère qu'elle se souviendra de moi souriant. Refermant la fenêtre derrière elle, je me retourne pour ne pas devoir supporter son air surpris et trahi en comprenant que je ne viens pas avec elle. Je prends une profonde inspiration pour me calmer, puis je retourne vers la porte.

CJ Johnson
@CadetCJJ
L'auditorium est presque vide alors que nous attendons de sortir.
10 h 43

---

272 favoris

CJ Johnson
@CadetCJJ
Quelqu'un va me réveiller et me dire que ce n'était qu'un cauchemar, pas vrai ? #LycéeOpportunity
10 h 44

Jay
@JEyck32
@CadetCJJ J'aimerais bien #LycéeOpportunity
10 h 44

CHAPITRE VINGT ET UN

10 h 44 – 10 h 46

CLAIRE

Tout ce qui compte, c'est le silence à l'autre bout du fil.

Pour les six ans de Matt, nous avons customisé un vieux tricycle pour le faire ressembler à un vaisseau spatial. Papa a coupé des morceaux de carton, et Trace et moi les avons peints aux couleurs que Matt voulait – du rouge avec des rayures bleues, du violet avec des points verts, des bandes noires et des étoiles blanches. Ça n'avait rien d'exceptionnel mais Matt était ravi. Ce vaisseau en carton a marqué le début de son obsession pour tout ce qui a des ailes – au point où papa a un jour dit à maman qu'ils devraient lui donner des leçons de pilotage au lieu de leçons de conduite. À cette seule pensée, Matt avait sautillé dans toute la maison pendant plusieurs jours.

Chris me tend un gobelet d'eau, mais je ne ressens pas la soif. Je ne ressens rien. Une partie de moi attend que Matt tousse, *respire*, mais je sais que c'est futile. Je le sais.

Quand Matt a eu douze ans, nous sommes allés sur la côte pour qu'il puisse voir l'océan – enfin, le golf. C'était la première fois que nous partions en vacances depuis sa naissance, mais cet été était spécial. Papa avait un nouveau travail. Tracy s'était engagée et partirait pour l'entraînement à l'automne.

Nous avons d'abord dîné puis nous nous sommes promenés le long de la plage au soleil couchant, aidant tous Matt quand ses béquilles se prenaient dans le sable boueux. Au moment où l'obscurité scintillait sur l'eau, nous avions du sable plein les chaussures, les vêtements, les cheveux et les oreilles. Nous nous sommes allongés sur le dos pour regarder les étoiles qui commençaient à apparaître, et Trace et moi tenions chacune une des mains de Matt. Il nous a parlé des constellations au-dessus de nos têtes.

« J'aime que le ciel soit infini, a-t-il dit. Si je ne peux pas aller dans l'espace, je veux étudier les étoiles. Saviez-vous qu'en regardant ces lumières c'est vraiment comme si nous regardions dans le passé ? — Ça veut dire que nous sommes dans le futur ? »

Trace rigolait. « Non, nous sommes au bon endroit au bon moment. »

Aujourd'hui, c'est l'inverse. Quand Chris me prend le téléphone, je fourre les mains dans mes poches et commence à faire les cent pas. De l'autre côté du ruban installé par la police, des gens se tombent dans les bras en pleurant. Ils se tiennent les mains et prient, se murmurent des mots d'encouragement. Il y a tellement de monde, et Chris est à mes côtés, mais je ne me suis jamais sentie aussi seule. J'aimerais que mes parents soient là.

Quand je repère l'adjoint Lee dans la foule, je touche son bras et l'attire dans un endroit tranquille.

— En quoi pouvons-nous aider ?
— Tu sais que ce n'est pas possible, Claire.
— N'importe quoi ?

L'adjoint secoue la tête. Nous sommes aussi des victimes avec des noms et des témoignages à recueillir.

Mais j'ai besoin de faire *quelque chose*.

— S'il vous plaît.

Il hésite, et j'insiste :

— S'il vous plaît. *N'importe quoi.*

N'importe quoi pour arrêter de perdre les pédales. D'avoir l'impression d'avoir laissé tomber tout le monde.

Quand Chris me prend la main et fait écho à mes paroles, l'adjoint Lee nous conduit à une des tentes médicales.

— Si vous voulez aider, parlez aux élèves qui ont peur. Cela leur fera du bien de voir des visages familiers. Nos officiers vont recueillir leurs noms et leurs témoignages. Nous n'attendons pas de vous que vous fassiez le travail, mais aidez-les à se sentir plus à l'aise.

Un acte de gentillesse ; c'est tout ce dont nous avons besoin.

— Une fois les élèves enregistrés et leurs blessures vérifiées, nos officiers les conduiront au foyer en ville. Sur place, ils retrouveront leurs familles dès leur arrivée.

Il hésite, comme s'il n'était pas sûr que ce soit une bonne idée.

— Si c'est trop pour vous, dites-le-nous, à tout moment. Vous devriez attendre vos familles, vous aussi.

— Le lycée d'Opportunity est notre famille, dis-je. Nous pouvons écouter.

Chris prend ma main et la serre. Après tout ce qui s'est passé, j'ignore qui je suis.

Je suis une sœur – je l'étais – *je le suis*.

J'espère.

Une poignée d'élèves marchent vers nous, et je me redresse malgré mes mains tremblantes. Une fille se détache du groupe et se dirige vers moi.

....

AUTUMN

Quand quelques policiers conduisent un groupe d'élèves hors de l'auditorium, je saisis ma chance. Je leur emboîte le pas, en retrait, et tremble quand nous franchissons le seuil. J'encaisse les impacts de balle dans les casiers, d'autres corps et du sang étalés sur le linoléum.

Je ne sais pas quelle direction prendre. *Où irait Sylv ?* Peut-être est-elle dehors. Peut-être est-elle en sécurité. Mais il y a trop de cadavres, trop de signes que Ty poursuit son carnage.

D'ici, le plus logique serait de fuir vers le toit. L'étage est de loin le mieux protégé, et, au moins, le toit est une issue.

Où qu'elle soit, je *sais* que Ty l'a suivie. Après tout, s'il était sorti, la police l'aurait capturé, les équipes médicales seraient déjà là et nous n'aurions pas besoin de sortir en douce.

Ma coupure m'élance, et j'essuie ma joue avec ma manche, ce qui accentue la douleur. Je reste près du mur et laisse le groupe s'éloigner. Le léger grésillement des radios des officiers s'évanouit.

Je n'aurai pas beaucoup de temps.

Une fois l'auditorium dégagé, ils vont balayer l'école, je pense. Dès que le groupe tournera à l'angle, je courrai vers la cage d'escalier. Je serai prudente. Je serai discrète.

Si Sylv est à l'étage, alors Ty aussi. Je ne laisserai aucun d'eux partir sans me battre. Ils sont tout ce qu'il me reste.

Un coup de feu retentit en haut de l'escalier.

— Nous devons vous faire sortir, dit un des officiers, pressant le groupe.

Tout le monde se rue à l'avant de l'école, vers la sécurité, protégé de chaque côté par l'équipe du SWAT. Personne ne me remarque.

Un autre tir à l'étage, et je monte l'escalier. Avec le faible éclairage, il semble hanté – encore plus quand j'aperçois deux élèves étalés par terre, leurs yeux vides me fixant.

Aucun d'eux n'est Sylv.

Nous avions prévu d'aller à New York ensemble. Pas pour mon audition – j'ai besoin de faire ça seule – mais après. Si je suis reçue. Nous devions nous y rendre une fois que Sylv aurait été diplômée ; notre road trip personnel. Une visite à Juilliard, à Brown puis là où nous voudrions.

Loin d'ici, nous allions affronter le monde. Nous allions construire un foyer. Ensemble.

Oh, Seigneur. J'espère ne pas arriver trop tard.

....

TOMÁS

Je referme doucement la porte derrière moi et je m'en éloigne. Ce sera facile pour Tyler de trouver la salle qui n'est pas fermée, mais ça lui prendra du temps – du temps que nous avons et pas lui, car, à chaque seconde, plus d'élèves s'échappent et la police se rapproche.

Il le faut. Ils doivent nous sauver.

Cours, Sylvia, cours.

Je m'appuie contre le mur et je tends l'oreille. De l'autre côté du couloir, Tyler essaie d'ouvrir une autre porte. Fermée. Quand il se retourne, flingue à la main, un air agité dans les yeux, il me repère et s'arrête. Il n'a plus l'air soigné et immaculé. Il y a des éclaboussures de sang sur sa chemise, et ses cheveux en pointe sont ébouriffés.

— Tu sais, le style *suant chic* ne te va pas, dis-je songeur.

Tyler hésite mais seulement un instant.

— J'aurais dû m'en douter. Tu es venu protéger ta sœur ? Qu'est-ce que tu vas faire... me frapper à nouveau ?

— Je la protégerai toujours, dis-je.

Je pensais devoir lutter pour contenir ma colère ; je n'ai qu'à penser à Sylvia et Fareed courant, courant, courant. Tant qu'ils sont en sécurité, rien d'autre n'a d'importance.

Mon calme semble le prendre au dépourvu, pourtant un sourire gagne lentement son visage. Je ne pourrais imaginer réaction plus angoissante de la part de quelqu'un qui tient un flingue.

— Tu te crois important, pas vrai ? Le clown de l'école, dit-il. Tu as peur, là ? Cette fois-ci, c'est moi qui contrôle la situation et tu ne peux rien y faire.

— Tu vas me tuer. Voilà. Donc non, je n'ai pas peur.

Je hausse les épaules alors que la sueur ruisselle le long de mon dos et de mes bras.

— C'est marrant, ça veut quand même dire que c'est *moi* qui contrôle.

Il presse la détente, et je tressaille. La balle se loge dans le mur à côté de moi. La jubilation de Tyler me donne envie de me ruer sur lui. Mais je refuse de lui faire ce plaisir.

— Tu me tueras selon mes termes, dis-je haïssant que ma voix se saccade et se brise.

Par contre, tirer semble avoir donné confiance à Tyler. Il s'approche d'un pas et dirige le flingue vers ma tête.

— Au moins, tu ne seras plus en travers de mon chemin. C'était ça ton plan génial ? Protéger ta sœur en te sacrifiant ? Pense simplement à tout ce que je vais pouvoir faire une fois que tu ne seras plus là pour la protéger.

— Rien de plus qu'avec moi ici.

Intérieurement, je grimace tant ces mots sont vrais.

— Tu vois, nous avons des amis. Je sais que ça doit être difficile à comprendre pour toi, mais je sais qu'elle sera en sécurité et je sais qu'elle saura qu'elle est aimée. Toi, par contre… tu es un cafard et bientôt tu seras un cafard mort. Je serai peut-être mort, mais tu ne lui feras plus de mal.

Il lève un sourcil.

— Ça vaut le coup ?

Je fixe le canon et je peux presque sentir les bras de Sylvia autour de moi, voir son regard dès que je la faisais rire, dès qu'Autumn dansait, dès que nous étions tous ensemble à la ferme et que *mamá* était dans un de ses bons jours. Je ne peux pas la protéger de tous les dangers, mais je peux lui donner plus de jours à aimer.

— Oh oui, ça vaut le coup.

……..

SYLV

Non, non, non, non, non.

Il ne peut pas faire ça – Tomás ne peut pas me quitter.

De ce côté de la fenêtre, le son des voix dérive avec le vent – les parents, la police, les équipes de cameramen. Des véhicules vont et viennent. Des hélicoptères claquent dans l'air. On dirait que nous avons été relâchés dans le monde réel, à la *vie*. J'ai besoin d'avoir Tomás avec moi.

Des sanglots saccadés sortent de ma poitrine alors que je griffe la vitre. Il n'y a pas de poignées de ce côté, et je ne suis même pas sûre qu'il y ait un moyen de l'ouvrir, mais ça ne m'empêche pas d'essayer. Je gratte le cadre de la fenêtre.

— Sylv.

Les mains puissantes de Fareed éloignent les miennes du verre. Il est si proche que ça me donne envie de le frapper, mais il me retient alors que je lutte – contre ses mains, contre la fenêtre, contre tout ce qui me tient éloignée de mon frère.

Je lutte aussi contre sa voix. Je n'écouterai pas. Je n'ai pas envie d'entendre ce qu'il a à dire.

Fareed n'en tient pas compte.

— Tomás sait ce qu'il fait. Il voulait…

— N'essaie même pas, je le coupe. Ne me dis pas ce qu'il voulait faire ou que tout pourrait bien se passer.

— Il n'aurait pas voulu que tu retournes à l'intérieur !

— Je ne peux pas rester dehors.

Je secoue la tête. Je n'arrive pas à m'arrêter.

— Je ne quitterai pas la salle de classe, promis. Mais je ne peux pas rester ici. Je ne peux pas rester ici.

Je regarde en bas, et c'est comme si le sol se contorsionnait sous mes pieds, comme si l'école essayait de se débarrasser de nous. Fareed relâche un peu sa prise, et je m'effondre sur le toit. Mes bras tremblent. Les bardeaux écorchent mes genoux.

Devant nous, un hélico tourne en rond ; un homme en uniforme noir nous appelle. Le bruit déforme ses propos, et il est impossible de le comprendre.

Je m'avance davantage alors que les mains de Fareed retombent. Il se rapproche de l'hélicoptère, criant à l'officier en retour.

Profitant de ce que Fareed est distrait un instant, je me lève et retente de forcer la fenêtre. Nous l'avons ouverte. Tomás ne l'a pas refermée à clé. Je devrais être capable de la rouvrir. Il le faut. Le vinyle du cadre est trop lisse pour me donner une bonne prise, mais la fenêtre cède. Un centimètre, rien qu'un centimètre.

Fareed se tourne vers moi et essaie de m'arrêter, mais une fois ma prise ferme, le reste est aisé. Je me tire vers le haut, me jette à travers la vitre ouverte, échappant à sa poigne et plongeant tête la première contre le sol.

Je me relève tant bien que mal, je referme la fenêtre pour bloquer le bruit et Fareed quand le silence m'arrête net. C'est terrifiant.

De l'autre côté de la porte, des coups de feu résonnent à travers le couloir.

Un.

Deux.

Trois.

La voix inimitable de Tyler.

— J'ai gagné.

Jay
@JEyck32
Pas de mots pour aujourd'hui. Y en aura p-ê jamais. #LycéeOpportunity
10 h 45

Abby
@EncoreUneASmith
@JEyck32 Je suis tellement désolée. #LycéeOpportunity
10 h 45

Fam. Nord
@FamNordOpp
@JEyck32. Nous prions pour vous. #LycéeOpportunity
10 h 45

Père Williams
@SacréCœurOpportunity
@FamNordOpp @JEyck32 Nous tiendrons une messe ce soir. Tout le monde est bienvenu.
10 h 45

CHAPITRE VINGT-DEUX

10 h 46 – 10 h 47

SYLV

Un épais manteau de grisaille recouvre Opportunity. Tomás aimait ces journées. Même s'il détestait travailler à la ferme, il aimait sortir quand le ciel était couvert. Quand nous avions encore des chevaux, il restait dans les écuries pour laisser passer la tempête ; puis il sellait une des juments et la chevauchait dès que le ciel s'éclaircissait, l'épaisse odeur d'ozone encore lourde dans l'air.

Après le diagnostic de *mamá*, il n'attendait plus que la pluie cesse. Lorsqu'on a vendu les chevaux, il a continué à courir dès que les premières gouttes tombaient sur les carreaux et il revenait trempé et heureux.

Abuelo s'en plaignait tout le temps. « Il va attraper la mort, disait-il. Il fonce vers elle au pas de course comme si c'était une vieille amie, et elle va l'étreindre avant qu'il ne s'en rende compte. »

Tomás faisait fi de ces commentaires. « Je cours avec le vent, répliquait-il. Et personne ne m'attrapera jamais. Pas même la mort. »

Je m'affaisse le long du mur, et un autre bang fait trembler mes souvenirs. Je me dis que ce n'était que ça – le tonnerre. Une tempête, venue pour le balayer.

Venue pour le faire voler.

....

CLAIRE

— Je ne sais pas où est Rae. Elle était assise à côté de moi quand les portes se sont ouvertes, mais quand nous avons couru, je l'ai perdue. Est-ce qu'elle est venue ici ?

La fille face à moi tremble. Ses cheveux blonds sont emmêlés sur son front.

L'officier à proximité parcourt des pages de notes, mais il ne trouve rien.

— L'agent va te conduire au foyer. Si elle s'en est sortie, tu la trouveras là-bas.

— Comment ça « si » ?

Sa voix se brise, mais elle est doucement éloignée, et un autre élève donne son nom d'une voix sûre.

— Steve Jackson.

Il a les cheveux noirs, porte des vêtements noirs. Bien que Steve soit mon cadet, il est dans certains de mes cours. Sa petite sœur est dans mon équipe d'entraînement. J'ai envie de lui demander de ses nouvelles, cette fille déterminée aux cheveux ternes qui est devenue le pilier de notre groupe. Elle a prévu de monter une équipe de porte-drapeau sur le campus. Nous devions prendre un café cette semaine pour discuter de l'organisation.

J'ai envie de lui demander de ses nouvelles mais ce n'est pas nécessaire. Apparemment, nous avons tous la même question dans les yeux.

Qu'as-tu vu ? Qui as-tu perdu ? Que peux-tu nous dire ?

— J'ignore où est CJ, dit-il doucement.

Il s'essuie les yeux, laissant une traînée d'eye-liner noir sur ses joues avant d'être conduit à la fourgonnette qui le transportera au foyer d'Opportunity.

Ils continuent d'arriver, des élèves et occasionnellement un professeur ou un membre du personnel, chacun avec ses propres histoires et ses questions à propos des absents. Et tout ce que nous pouvons faire – tout ce que nous devons faire –, c'est écouter et soutenir.

« Je sais qu'elle est toujours en vie. Il le faut. Nous avons prévu d'aller en Europe ensemble cet été. Rien que nous et nos sacs à dos. Londres, Paris, Rome. Nous allons visiter Big Ben, pique-niquer près de la tour Eiffel et voir le Colisée. Elle voulait aussi aller à Berlin. Sa famille est originaire d'Allemagne, tu sais ? Elle voulait… »

« Il l'a abattu juste devant moi. La balle a traversé sa nuque. Il y avait tellement de sang. Vous le direz à ses parents ? Qu'est-ce qu'il nous voulait ? Qu'est-ce que nous lui avons fait ? »

« J'ignore où elle est. »

Après le départ d'un autre groupe d'élèves, alors que nous n'avons qu'à attendre, je m'affale sur une chaise. Mon cœur est vide, et j'ai la tête pleine. Les histoires se confondent les unes avec les autres. Nous sommes des psychologues simplement parce que nous sommes *là*. Je peux comprendre pourquoi l'adjoint Lee ne voulait pas de nous ici. Je n'avais jamais remarqué que le courage était si terrifiant.

Mais, même si ces histoires sont horribles, toutes les personnes entrant dans cette tente partagent une compréhension mutuelle.

Ça remplit notre vide.

Des bras musclés s'enroulent autour de moi alors que Chris m'attire dans son étreinte. Ses battements de cœur résonnent contre ma joue. Je place ma main sur sa nuque, suivant sa chair de poule. Ses mains remontent de mes épaules à mes oreilles alors qu'il repousse une mèche de cheveux.

— Tu es tellement courageuse.

La voix de Chris gronde, basse et profonde.

……..

AUTUMN

Cet étage ne couvre qu'un tiers du rez-de-chaussée du lycée. Quand bien même, le couloir semble ne jamais s'arrêter. Les portes de part et d'autre sont fermées. Je reste proche du mur. Des voix flottent d'en bas, les ordres secs de liberté et de sécurité des officiers du SWAT s'infiltrant dans l'école.

Ce couloir semble épargné par la violence de l'étage inférieur. Mais en y regardant de plus près, je vois que des balles se sont logées dans les portes en bois et les murs en parpaing.

Au moins, il n'y a pas de corps ici. Pas de Sylv. *J'espère qu'ils ont réussi à atteindre le toit.*

À l'angle, je m'accroupis et je jette un œil. Ty se trouve au milieu du couloir et il agite son arme frénétiquement.

— Tu ne seras plus jamais en travers de mon chemin, tempête-t-il. Tu ne m'empêcheras pas de montrer sa place à ta sœur. Tu arrives trop tard. Tu m'entends ? Tu as perdu.

Je m'approche un tout petit peu plus histoire de voir à qui il s'adresse pour m'arrêter net quand la scène se dévoile sous mes yeux.

Le corps de Tomás gît aux pieds de Tyler.

Les Aventures de Mei

Position actuelle : Lycée d'Opportunity

>> Chaque fois que nous voyons des survivants, il y a une lueur d'espoir. Peut-être que nos amis, peut-être que ceux que nous aimons arrivent également. Si nous nous prenons les mains, nous pouvons former un filet de sécurité pour ceux qui errent encore et sont perdus. Comme quand Mme Morales est arrivée avec son père. Elle sort rarement en public ces derniers temps. Son regard semblait tellement affolé, mais quelqu'un lui a apporté du thé, la femme du colonel s'est approchée d'elle, lui a chuchoté des paroles apaisantes, et tout le monde a formé un cercle autour d'elle. Papa s'est toujours tant intéressé à l'humanité commune – c'est pour ça qu'il est devenu professeur. J'espère qu'il l'a trouvée à l'intérieur. Je pense qu'il la trouvera ici.
S'il sort – quand il sortira.

Commentaires : <désactivés>

CHAPITRE VINGT-TROIS

10 h 47 – 10 h 48

AUTUMN

Je reprends mon souffle. Le bruit effraie Ty. Il se retourne vers moi.

— Qu'est-ce que tu fais là ? demande-t-il.

L'amertume dans sa voix est palpable. Je regarde Tomás derrière lui. Il est effondré contre le mur. Ignorant l'arme, je passe à côté de mon frère et m'accroupis près du corps de Tomás pour lui fermer les yeux.

— Il y a des équipes du SWAT au rez-de-chaussée, dis-je. Ce n'est qu'une question de temps avant qu'ils arrivent. C'est terminé.

Tu as perdu, ai-je envie d'ajouter, mais je suis plus maline que ça. Ça ne ferait que l'énerver encore plus. Et si quelqu'un a perdu, c'est nous. C'est Opportunity. C'est Sylv, qui ne peut pas être bien loin si Tomás est – était – ici.

— Abandonne, Tyler.

Il ne répond pas mais, au moins, il ne m'a pas encore tiré dessus.

Son arme pend à son côté, inutile. Cette fois, cependant, je n'essaie pas de m'avancer vers lui.

— Tu sais, après la mort de maman, à part Sylv, tu es le seul à m'avoir vue danser. Tu te souviens de l'amulette de chausson de danse que tu m'as achetée pour mon anniversaire l'an dernier ?

Je garde les yeux baissés en lui montrant le bracelet à mon poignet ; du sang a taché l'argent.

— Je ne l'ai jamais enlevée.

Au loin, le bruit de bottes – lent, prudent, à la recherche de pièges – arrive par l'escalier. Se rapproche.

Quand la main de Ty caresse mon poignet, ma voix bute sur les mots.

— J'ai prévu de le porter à l'audition. Tu as toujours été avec moi. Tu es toujours avec moi. Tu n'as jamais eu à être seul, Ty.

…….

CLAIRE

Avec l'exode d'élèves arrivent plus de nouvelles des morts.

Le jeune officier assis sur le côté de la tente enregistre leurs noms. Nous ne sommes pas censés les entendre. Le rapport fait partie de la scène de crime, et, tant que les corps n'ont pas été extraits et vérifiés, ces morts ne sont pas officielles.

Cependant ce sera très peu de réconfort pour les parents – ou pour Chris et moi. Nous entendons tous les noms et reconnaissons chacun d'eux.

Une vague traverse la foule avec les nouvelles de chaque survivant. Le soulagement et la tristesse se succèdent rapidement, car avec les noms de ceux qui vivent vient le vide de ceux pour qui ce n'est plus le cas. La mort apporte la vie ; la vie apporte la mort.

Il n'y a pas de mots en cet instant fugace entre espoir et savoir. Il n'y a aucun moyen d'exprimer la façon dont un cœur peut exploser et se briser en même temps, dont le soleil peut se frayer un chemin dans l'obscurité mais projeter des ombres partout.

Il n'y a que des doigts qui se mêlent, des bras qui se lient par solidarité.

À chaque annonce, quelqu'un craque et un autre le soutient. À l'entrée du parking des élèves, des officiers de police informent les parents et les familles de se présenter à l'église d'Opportunity pour traitement ultérieur et interrogatoire possible. Mais peu d'entre eux partent. Ils préfèrent rester ici, ensemble. Et même s'ils cherchaient du réconfort ailleurs, nous savons tous où trouver ceux dont nous avons besoin. Opportunity n'est pas un endroit pour les secrets. Plus maintenant. Plus après aujourd'hui.

Nous sommes chez nous.

....

SYLV

La voix d'Autumn tourbillonne autour de moi, impossible à atteindre. *Équipes du SWAT au rez-de-chaussée. Police à l'extérieur*, je me répète dans ma tête.

C'est terminé.

C'est terminé.

Madre de Dios, pourvu qu'elle ait raison. Mais c'est tellement, tellement impossible à croire. Avec tout ce qui s'est passé, aujourd'hui n'aura pas de fin. Aujourd'hui n'en finira jamais.

Si seulement Tomás avait attendu quelques minutes de plus...

Fareed se glisse par la fenêtre, et je m'attends à ce qu'il essaie de me traîner à nouveau sur le toit.

Je colle mes genoux contre ma poitrine et je secoue la tête.

Ses épaules retombent. Fareed s'écroule à côté de moi contre le mur. Il place un bras autour de mes épaules, et je m'appuie contre lui. Nous ne faisons pas de bruit. J'écoute Autumn essayer de raisonner Tyler. *Écoute, s'il te plaît. Mets fin à tout ça, s'il te plaît.*

— Tous ceux que j'ai aimés, je murmure. Tous ceux que j'aime me glissent entre les doigts.

Fareed incline la tête.

— Durant les premières semaines après notre arrivée, mon père me disait la même chose chaque soir : tu ne peux pas toujours garder ceux que tu aimes avec toi. Tu ne peux pas toujours faire ta vie à un endroit. Le monde a été fait pour changer. Mais tant que tu chéris les souvenirs et que tu en crées de nouveaux en chemin, peu importe où tu te trouves, tu seras toujours chez toi.

Jay
@JEyck32
Je ne sais pas quoi faire. Nous attendons tous. #LycéeOpportunity
10 h 47

134 favoris 150 retweets

CHAPITRE VINGT-QUATRE

10 h 48 – 10 h 50

SYLV

Fareed m'a rappelé une chose que *mamá* m'a dite un jour – et ça ne fait qu'accentuer la douleur.

Quand Autumn a commencé à porter l'amulette de Tyler, le seul signe révélateur qu'elle travaillait déjà à sa candidature pour Juilliard, elle avait une certaine lueur dans les yeux et un léger rouge aux joues. Elle en était tellement fière. Elle disait que c'était la première fois que quelqu'un comprenait véritablement ce que la danse représentait pour elle depuis la mort de sa mère, et ça m'a blessée. Je me souviens d'être rentrée de l'école en courant ce jour-là ; j'avais besoin d'air. Mamá était assise dehors sous le porche. Elle avait préparé du thé pour nous deux et même s'il était suffisamment noir pour être du café et que les cookies qu'elle avait dénichés étaient rassis, elle souriait.

« *Comment s'est passée l'école,* niña *?* »

En voyant ses boucles emmêlées autour de son visage et ses mains calmement posées sur ses cuisses, j'ai oublié l'amulette et Tyler. À la place, j'ai lâché mon sac et je me suis assise sous le porche à ses côtés.

« L'école s'est bien passée, mamá, *ai-je dit. J'ai envoyé mon dossier pour l'université. — Je suis si fière de toi. »*

Elle disait toujours ça, même si ses jours de lucidité étaient peu nombreux et espacés.

« Toi et tes frères, vous allez faire quelque chose de votre vie. »

Elle avait à peine remarqué le retour de mes frères pour prendre soin d'elle, chacun son tour, mais le fait que Tomás et moi allions à l'université lui importait encore plus qu'à nous-mêmes, surtout ces derniers mois.

J'ai grignoté un cookie aux pépites de chocolat.

« Oui, mamá. *— N'oubliez simplement pas d'où vous venez. N'oubliez pas les histoires de notre famille. — Non,* mamá. *»*

Mes réponses étaient automatiques car je voulais qu'elle continue à parler. Nous n'avions pas besoin d'avoir des conversations profondes et sensées. Être assise avec elle à parler de choses banales – l'école, les devoirs, l'avenir – était déjà spécial en soi.

Mais elle était perceptive ce jour-là et elle a levé un sourcil.

« Ne prends pas ce ton avec moi, jeune fille. »

Puis elle a ri, ce son guttural et chaud. Elle a ri comme s'il s'agissait de la chose la plus drôle au monde. Des gloussements sont montés dans ma poitrine, jusqu'à ne plus pouvoir les retenir, et j'ai craché mon thé par le nez, hoquetant et riant en même temps.

« Non, mamá. *»*

Elle est repartie de plus belle. Abuelo *s'est garé dans l'allée et est resté assis dans son camion, la vitre baissée, nous fixant comme si nous étions toutes deux devenues folles.*

Nous n'arrivions pas à cesser de rire. Et ça a comblé le fossé entre nous, tous ces mots non dits et oubliés.

Quelques minutes plus tard, abuelo *est entré dans la maison,* mamá *s'est calmée.*

« Tu vas me manquer, ma fantastique fille. J'aimerais rester avec toi pour toujours, te voir devenir la femme que j'ai toujours su que tu serais. Tu es tellement forte, mais promets-moi que tu prendras soin de tes frères. »

J'ai posé ma tête sur ses cuisses, et elle m'a caressé les cheveux.

J'ai promis : « Toujours, mamá*. »*
Toujours.

— Far ?

Je me redresse mais sans croiser son regard.

— Comment vais-je expliquer à *mamá* que Tomás ne rentrera pas à la maison ?

Il n'a pas de réponse à ça. Moi non plus.

....

CLAIRE

Bien que l'idée de mettre en place un foyer où réunir les familles soit bonne en théorie, elle s'avère peu pratique alors que les élèves passent devant leurs proches pour atteindre la route principale.

Beaucoup sont interceptés – et réunis – avant même d'atteindre les fourgonnettes. Il n'y a rien de mieux que de voir des sourires et des larmes de joie, en particulier quand les officiers du SWAT reviennent avec un nouveau groupe de lycéens. Ils signalent que d'autres sont en chemin, et des murmures d'espoir fou traversent la foule. Une partie de moi attend toujours de voir Matt sortir aussi.

Sauf que pour chaque élève présent, le fantôme d'un autre élève nous hante. À chaque coche, la mort se rapproche.

— Sergent !

Une voix s'élève au-dessus des autres et fait bondir mon cœur. Menant un groupe d'élèves rescapés, c'est CJ.

— Tu n'imagines pas comme j'aurais souhaité faire partie de l'équipe d'athlétisme aujourd'hui, dit-elle en me prenant dans ses bras.

Elle tente de prendre un ton léger, mais il y a un soupçon d'amertume dans sa voix. Je ne peux pas imaginer tout ce qu'elle a vu.

Elle reste digne. Ses cheveux sont toujours soigneusement tressés, ses vêtements impeccables, mais son eye-liner coule. Et à chacun de ses mots, son humeur s'assombrit.

— J'aurais aimé avoir un de nos pistolets d'entraînement. J'aurais pu l'assommer. Ou j'aurais au moins pu essayer. J'aurais dû… Je suis t…

La CJ incassable, féroce, pâlit.

— Tous ces morts. Comment cela a-t-il pu arriver ici ? Pourquoi n'avons-nous pas pu l'empêcher ?

Je n'ai pas de réponse, mais je lui prends la main.

— Si tu avais pu faire quoi que ce soit, je sais que tu l'aurais fait. Steve te cherche. Il est au foyer.

Tout son visage s'illumine. Puis elle se met à sangloter. Je la serre contre moi, lissant ses cheveux et la tenant alors que ses épaules tremblent.

— Ça va aller, dis-je doucement. Vous êtes tous les deux en sécurité. Vous êtes tous les deux sains et saufs.

Elle lève les yeux vers moi, son visage est strié de larmes.

— Je... J'ai regardé ses amis mourir.

·······

AUTUMN

— Je t'aime, tu sais. Je voulais juste qu'on soit une famille. C'est tout ce que j'attendais de toi, dis-je.

Ty se sert de son arme pour repousser une mèche rebelle de son visage. Il transpire tellement que le gel ne tient plus. De sa main libre, il essuie le sang du bracelet.

— C'est tout ce que j'attendais moi aussi, dit-il.

Sa voix est calme, et la folie s'évanouit de ses yeux.

— Nous aurions dû être là l'un pour l'autre.

Il relâche mon poignet, et mes genoux se dérobent. Je glisse le long du mur pour m'asseoir à côté du corps de Tomás.

Ty coince son arme à sa ceinture et enlève son blazer. Il secoue la tête en direction de Tomás, puis me fixe du regard.

— Le monde est contre nous. Tu dois le comprendre avant qu'il ne te tue.

C'est gonflé, dans la bouche du garçon armé. Mais sa voix monocorde m'effraie bien plus que sa rage.

— Abandonne, Ty, je tente. Il n'y a plus rien à gagner à tirer sur quelqu'un.

— Non, c'est vrai, répond-il.

Il plie soigneusement sa veste et la pose par terre. Il récupère son arme et s'assied face à moi.

Les pas et les voix ont gagné notre étage. Les officiers sont encore trop loin pour qu'on entende ce qu'ils disent, mais ils avancent désormais avec plus de confiance.

— Tu ne vas pas me tuer.

Une pointe de panique se glisse dans ma voix.

— Nous sommes de la même famille. Ça doit compter.
— En effet.

Il enlève sa montre et l'observe. Je me demande combien de temps s'est écoulé. Des minutes. Une heure, peut-être. On dirait des jours, une éternité. C'est impossible d'imaginer que le monde autour de nous a poursuivi son rythme normal. Ty replie sa montre et la glisse dans sa poche ; puis il reprend son arme.

— Notre famille était tout pour moi, avant.
— Pour moi aussi.

Il y a tellement de choses que je ferais différemment si je pouvais.

Ty me fixe. Je veux me relever, partir tant que je le peux, mais le canon de son arme me dit de rester.

— Qui te pleurera, Autumn ?

Sa question et ma réponse me laissent hébétée. À part Sylv, *personne ne va me pleurer.*

Je me lève.

— La police sera là d'un instant à l'autre. Ce sera terminé, et tu n'auras rien accompli.

Il me regarde par-dessus le canon, et le coin de sa bouche convulse. Un air suffisant. Puis un sourire – un sourire plein de plaisir et de malice.

Quand il presse la détente, la douleur explose en moi et le sol se dérobe. La dernière chose que je vois avant de m'évanouir, c'est Ty tournant l'arme vers lui. La dernière chose que j'entends, c'est Ty dire : « Je ne veux plus être seul. »

Puis il se fait sauter la cervelle.

CJ Johnson
@CadetCJJ
La lumière du jour est trop vive au #LycéeOpportunity
10 h 49

CJ Johnson
@CadetCJJ
Parfois, je déteste ce monde.
10 h 49

CJ Johnson
@CadetCJJ
Mais mon frère est en vie. Nous avons de la chance.
10 h 50

CHAPITRE VINGT-CINQ

10 h 50 – 10 h 53

SYLV

Au bruit des coups de feu, je frissonne et me pelotonne. La porte s'ouvre et claque contre le mur, je hurle. Je *hurle*, mais Fareed m'attire et étouffe le son. L'odeur de sang et de fumée est écrasante.

Trois officiers de police font irruption, armes au poing, nous criant de lever les mains en l'air.

Fareed me relâche lentement et suit les instructions. Un des officiers relève la visière de son casque, mais sans baisser son arme.

— Êtes-vous armés ?
— Non, monsieur, répond Fareed.

Je hoche à peine la tête.

— Comment êtes-vous arrivés ici ?
— Nous avons ouvert la porte de l'auditorium, poursuit Fareed. Mon ami et moi. Je suis celui qui a appelé la police depuis le bureau de la principale.

Il continue, mais les mots me passent au-dessus. J'étais là – je n'ai pas besoin de revivre ça.

Je regarde vers la porte. Les deux autres officiers ont terminé leur examen de la pièce et semblent satisfaits.

Des sons filtrent depuis le couloir. À chaque bruit de pas, mon cœur fait des bonds et s'arrête. Peut-être que Fareed avait raison – peut-être que Tomás savait ce qu'il faisait. Peut-être ai-je imaginé les coups de feu. Ce ne serait pas la première fois que je sous-estimerais mon frère ; il a toujours eu le don de s'en sortir.

Quelqu'un frappe à la porte.

Je sursaute à tel point que je crois quitter mon corps.

— Mademoiselle.

Un des officiers s'agenouille devant moi et place ce qui est sans doute censé être une main réconfortante sur mon épaule. Mes poils se hérissent et je frissonne, le repoussant.

— Non. Ne me touchez pas.

Fareed dit rapidement :

— Sylv, c'est la police. Tout va bien.

Les officiers discutent avant que l'un d'eux se retourne et disparaisse à nouveau.

— Nous allons vous faire sortir.

L'officier se redresse et Fareed lutte pour me relever.

Entourés de deux officiers, nous nous dirigeons vers le couloir. Mon cœur chavire quand nous franchissons le seuil.

La main de Fareed serre la mienne.

Loin des fenêtres, la lumière est plus faible. Et peut-être vaudrait-il mieux ne rien voir du tout. Peut-être serait-ce plus simple de ne pas voir ce que nous avons perdu.

Je cligne des yeux.

Tomás est affalé contre le mur. Mes genoux défaillent et mon estomac se rebelle.

Tomás.

Mon frère.

Tyler gît en face de lui. Son visage est détruit. Et si je m'attendais à me sentir victorieuse, j'avais tort. Ici, en cet endroit brisé, je ne ressens que le vide.

À quelques pas de là, Autumn est pelotonnée et tremblante. J'éclate en sanglots. Des officiers l'entourent, et l'un d'eux s'agenouille près d'elle, tentant d'attirer son attention. Elle ne répond pas. Elle se tord, se tourne et les repousse. Ses doigts enlacent la main de Tyler. Son visage est blême. Le linoléum autour d'elle est taché de rouge.

Elle est venue pour nous. Pour son frère. Pour moi.
Elle a fini par venir pour nous.

....

CLAIRE

Un des officiers guide CJ vers les fourgonnettes, et Chris me conduit à une fille noire se tenant sur le côté de la tente. Ses lèvres forment une ligne de colère, et elle n'arrête pas de serrer et desserrer les mains devant elle. Je sais seulement qu'elle est en terminale comme nous parce que nous avions anglais ensemble en seconde, mais à part ça, nous avons réussi à nous éviter pendant trois années.

— Ma sœur était dans la classe de ton frère. Ils s'entendaient bien, crache-t-elle. Ton petit ami l'a tuée. Il a tiré sur ton frère aussi.

Le suspecter, le savoir, n'est toujours pas pareil que d'en avoir la confirmation. Il n'y a plus moyen de faire semblant. J'hésite. La seule chose qui me fait tenir debout est la main de Chris qui soutient mon coude.

— Je crois qu'il s'est fait tirer dessus accidentellement. Il ne pouvait pas marcher. Quand on nous a fait sortir, ils l'ont laissé.

Elle me fixe, ses yeux sont aussi intenses que les couleurs de ses cheveux, mais sa voix décline.

— Je crois qu'ils sont arrivés trop tard.
— Toutes mes condoléances.

C'est tout ce que j'arrive à dire.

Elle prend une inspiration saccadée.

— Pareil.

Les mots n'ont aucun sens, mais je hoche la tête. Elle disparaît dans une confusion de visages. Chris est la seule présence que je remarque, et je m'effondre.

« Dis-moi dès que tu entends quoi que ce soit au sujet des bourses. Je me fiche que ce soit au milieu de la nuit. Je suis si fière de toi. »

Tracy se trouvait à l'extérieur de la base, une main sur mon épaule.

Elle semblait intouchable dans son uniforme immaculé, ses galons de lieutenant polis qui brillaient. Ses yeux scintillaient, et même ses cheveux avaient l'air parfaits. Je voulais être elle.

Nous nous sommes étreintes, et j'ai murmuré :

*« Est-ce que tu as peur ? » Elle a ri. « Je suis terrifiée.
— Parfait, moi aussi. — Tout va bien se passer. Prends soin de Matt, d'accord ? C'est toi l'aînée à présent. Le lycée d'Opportunity va être difficile pour lui, au moins les premiers mois. Mais dis-lui qu'il a le droit d'avoir peur. Ça arrive à tout le monde. Ça participe du fait de grandir. »*

Chris me tend un gobelet d'eau, et je n'ai qu'une envie, le prendre dans mes bras et m'accrocher à lui, savoir qu'au moins une partie de ma vie est forte et en sécurité.

Je me déteste de vouloir être heureuse.
— Tu...
Chris réprime sa question.
— Question idiote. Je suis désolé.
J'enlace mes doigts autour des siens.
— Toi... ?
Il secoue la tête.
— Non.
— Moi non plus.
Je marque une pause.
— Mais je suis heureuse que tu sois là.
Chris ose sourire.
— Je serai toujours là.
— Je sais, dis-je et, à ma grande surprise, c'est le cas.

Cette journée nous a laissé tellement de questions. Qui parmi nous connaissait vraiment une des personnes morte aujourd'hui ? De quoi avait-elle peur ? Que souhaitait-elle ? Qui voulait-elle être ?

Seule certitude : Chris sera toujours là quand j'aurai besoin de lui.

— Je crois que nous avons beaucoup de choses à démêler, finis-je par dire.
— Tous les deux, ajoute-t-il.

La situation a changé entre nous, et Chris a raison. Nous avons besoin de déterminer qui nous voulons être – qui nous pouvons être.

— J'ai envie d'enseigner, je laisse échapper.

Chris secoue la tête et se met à rire. Ce son est étrange parmi tout ce chagrin, mais il est aussi magnifique et apaisant.

Une fille se précipite vers nous. Je l'ai vue dans les couloirs, bien que je ne connaisse pas son nom. Elle pleure comme nous tous, mais quand elle arrive au milieu de notre tente, tout le monde s'arrête pour l'écouter.

— Il est mort. Il s'est suicidé. Je l'ai entendu à la radio.

Elle se tourne vers l'officier près de l'entrée de la tente. Il secoue la tête pour s'excuser. Il ne peut rien dire. Mais elle oui. Et elle le fait :

— C'est terminé.

·······

AUTUMN

Il ne reste que la douleur. Des flashs de vie et des flashs d'obscurité intense. Du bruit. Tout me fait mal.

Quand je ferme les yeux, le demi-sourire de Ty me nargue. *Lorsqu'il a pointé son arme sur moi, il a souri comme quand maman apportait des oranges en chocolat du Royaume-Uni. Cela faisait si longtemps que je voulais le voir heureux de nouveau. Mais, alors, il a appuyé sur la détente.*

Quand j'ouvre les yeux, je suis piégée dans une pirouette infinie, comme si quelqu'un me faisait tourner et que je ne pouvais pas m'arrêter. Le linoléum est froid sous ma joue. Tout ce que je veux, c'est lâcher prise.

— Mademoiselle.

Un visage plane au-dessus de moi.

— Mademoiselle, vous m'entendez ?

Un millier de couteaux se plantent dans ma jambe. Tous ces cris me rendent malade.

— Nous avons besoin d'un médecin, immédiatement.

Ils ne viendront pas, me dis-je, parce que je peux encore voir Matt allongé dans l'auditorium. Ils ne viendront pas. Ils ne viendront jamais. *Sauvez ceux qui survivront au sauvetage. Commencez par là.*

Mais le danger est passé. Nous *sommes* en sécurité.

Si c'est vrai, pourquoi est-ce que je ne me sens pas en sécurité ? Pourquoi est-ce que je n'arrive pas à bouger ? Pourquoi quelqu'un crie-t-il jusqu'à ce que ma gorge me fasse mal ? Suis-je en train de crier ?

Quelqu'un essaie de me déplacer, mais je me débats.

— Quel est son nom ? demande-t-on.

— Autumn, répond une voix familière. Autumn Browne. *Sylv.*

— Autumn ?

C'est à nouveau la première voix, apaisante et rassurante.

— Nous allons essayer de te mettre à l'aise, mais nous avons besoin de te déplacer. Nous allons d'abord stabiliser ta jambe.

Ma jambe ? Je hoche la tête, mais quand j'essaie de lever les mains pour trouver celles de Sylv, elles ne bougent pas. Je ne suis pas sûre qu'elles l'aient déjà fait.

— *Golondrina.*

Des larmes chaudes tombent sur mon visage pendant que des mains froides entourent mon front. Elles me tirent de mes cauchemars. J'ouvre les yeux, et les couleurs tournoient.

— Sylv... dis-je à nouveau pour être sûre que mes lèvres forment son nom correctement, mais elle ne répond pas.

Elle caresse ma joue.

Elle prend ma main dans les siennes parce que je ne me rappelle toujours pas comment bouger. Elle presse ses lèvres contre mes doigts, et je veux la serrer dans mes bras, peu importe qui peut nous voir.

Elle regarde mes jambes. Sa pitié et sa faiblesse sont si évidentes.

Je voulais tellement danser que ça me déchirait de l'intérieur. J'étais prête à tous les sacrifices. Mais quand Ty a pointé son arme sur moi, il m'a brisée. Je ne m'en remettrai jamais.

Ty a tenu sa promesse. Je n'avais pas besoin de mourir pour qu'il me tue. Il a simplement baissé son arme, pressé la détente. Et sa balle a réduit mon genou en miettes.

> **Jay (@JEyck32) -> Kevin (@KeviiinDR)**
>
> Je t'attendrai. Je t'attendrai jusqu'à ce que je puisse te dire au revoir. Ou peut-être, peut-être, peut-être bonjour.
> 10 h 53

> **Jay (@JEyck32) -> Kevin (@KeviiinDR)**
>
> J'aurais aimé savoir qu'il nous restait si peu de temps.
> 10 h 53

CHAPITRE VINGT-SIX

10 h 50 – 10 h 53

SYLV

Je tiens la main d'Autumn alors que les urgentistes la placent sur un brancard, qu'ils la portent vers l'escalier. Les équipes du SWAT nous font sortir mais elles laissent Tyler et Tomás. C'est tellement incohérent, de les voir ensemble – ensemble et pourtant tellement, tellement éloignés.

Un sourire joue sur les lèvres de Tomás.

Quelque chose en moi s'attend à ce qu'il se lève et nous suive à l'extérieur.

Mais non.

Autumn gémit. Elle est lucide par moments, seulement pour s'évanouir à nouveau l'instant d'après. Sa jambe est un désastre sanguinolent, et j'ignore comment ils pourront réparer ça. J'ignore comment elle pourra se remettre à danser – comment elle pourra reprendre son envol.

Je voulais la garder. Je voulais être son foyer. Je voulais qu'elle vole, mais j'ai toujours espéré qu'elle me reviendrait.

Pas comme ça, cependant. Jamais comme ça.

Quand nous atteignons le rez-de-chaussée, les couloirs sont vides. Il n'y a que des corps, des taches de sang et des cris qui hantent l'école. En chemin vers l'entrée principale, nous passons les portes de l'auditorium – qui sont désormais grandes ouvertes. Des urgentistes s'occupent des blessés alors que des policiers et des inspecteurs passent la zone au peigne fin en quête de preuves.

De ce point de vue, avec les serrures coupées et toutes les portes ouvertes, l'auditorium semble plus petit. N'importe quel autre lundi, les portes s'ouvriraient sur des rires et des conversations à propos du week-end. Les portes s'ouvriraient, et nous nous dirigerions vers nos casiers, en espagnol, à mon examen d'histoire des États-Unis. Les portes s'ouvriraient à la vie.

La cloche sonne, signalant la fin de la troisième heure.

Autumn gémit sur le brancard. Ses yeux clignent et s'ouvrent.

— Nous partons ? Nous sommes libres ?

Je serre sa main. J'ai envie de l'embrasser, de lui dire que je suis désolée, que ce n'est pas ainsi que je comptais la garder.

Mais je me contente de hocher la tête et de plisser les yeux face au soleil quand nous franchissons la porte qui donne sur l'extérieur.

C'est là que nous quittons Opportunity.

....

CLAIRE

Les voix des familles et des équipes de journalistes, les sirènes allant et venant sur le campus – tout se joue en arrière-plan. Quand les premières ambulances emportent les blessés loin de l'école, la foule recule pour les laisser avancer. Les élèves sur le terrain regardent l'entrée principale du lycée en silence, immobiles. Le mot est transmis, même si ce n'est pas encore officiel. Le soulagement prend le pas sur le chagrin.

C'est terminé.

Je zigzague entre les tentes et les unités de police, restant sur le côté du parking. Une fois que j'ai passé le côté sud de l'école, la présence policière diminue.

Plus je m'éloigne du poste de commande, moins il y a de véhicules de police. Je me glisse sous le ruban en plastique. De ce côté du parking, il n'y a que des voitures d'élèves. Je me rappelle toutes ces fois où Tracy est venue me voir courir. Je me souviens de toutes ces fois où nous étions dans sa vieille voiture, la capote baissée, moi à l'avant et Matt à l'arrière, le vent jouant dans nos cheveux qui nous donnait l'impression de voler.

Je me dirige vers les bois derrière l'école. Il y a le clignotement constant des gyrophares, mais, ici, seuls les oiseaux y vont de leur commentaire occasionnel. Personne ne m'arrête. Les arbres stériles sont sombres. Matt m'a toujours dit que les bois étaient hantés. Il prévoit – il prévoyait de nous emmener à la chasse aux fantômes un de ces jours. Tous ensemble.

Mince, je devrais appeler ma sœur. Je devrais lui annoncer. *Je devrais rentrer à la maison.*

Au loin, quelqu'un crie mon nom, et les sirènes déchirent à nouveau le silence.

Je pose ma tête dans mes mains et je fonds en larmes.

....

AUTUMN

Il fait froid dehors. Les urgentistes de chaque côté du brancard me sortent avec une efficacité brusque tandis que Sylv me tient toujours la main. Je perds et reprends connaissance. C'est une bonne chose, car, durant ces moments, je n'ai pas à me demander qui je suis, qui je suis censée être.

Je n'ai pas encore envie de voir le monde, ce monde que Ty a créé puis quitté. Ce matin, je pensais pouvoir m'évader n'importe où, être n'importe qui. À présent tous mes rêves sont hors d'atteinte, et je me demande si je reviendrai un jour à la maison.

Mais Sylv est toujours à mes côtés. Je ne veux surtout pas la laisser partir. Pour tout ce que nous avons perdu, nous nous sommes gagnées l'une l'autre. C'est peut-être tout ce dont nous avons besoin pour l'instant.

C'est notre moment.

Sylv est avec moi quand nous passons la foule de parents, d'officiers de police, de journalistes et de survivants. Elle est avec moi quand les urgentistes me portent dans l'ambulance. Elle est avec moi.

Ty peut encore gagner si nous abandonnons maintenant. Si nous vivons dans la peur. Si nous nous perdons nous-mêmes et l'une l'autre. Je tiendrai donc la main de Sylv le plus longtemps possible. Ensemble, nous pouvons reconstruire nos rêves.

Sylv se penche et m'embrasse les cheveux. Je m'avance vers elle et mes lèvres rencontrent les siennes. En un baiser, je tente de lui dire tout ce que je n'ai pas dit. Que je suis désolée, tellement désolée. Qu'il y a tant de choses que je dois démêler. Qui j'étais ou qui je suis. Mais que mon cœur est à elle. Et si elle veut de moi, c'est le mieux que je puisse lui donner. Nous n'avons peut-être pas l'éternité.

Mais il nous reste encore demain.

Quand elle recule, de gros flocons de neige duveteux commencent à tomber. Et nous sommes en orbite l'une autour de l'autre.

Les Aventures de Mei

Position actuelle : Chez moi, à attendre

>> J'ai lu les tweets et les messages en ligne. Je sais que des professeurs sont morts. Je sais ce que les gens disent à propos de papa. Mais il m'a appris à lire l'espoir entre les lignes. Je ne les crois donc pas. Pas encore.
Papa m'a toujours dit qu'il y avait plus d'histoires dans l'univers que d'étoiles dans le ciel. Et dans chaque histoire, il y a une lueur d'espoir. C'est pour ça que les terminales lancent des lampions dans le ciel – pour s'assurer que l'obscurité n'est jamais totale.

Commentaires : <désactivés>

ÉPILOGUE

23 h 59

SYLV

Fareed est entré dans l'école par effraction ce soir. Après qu'elle a été interdite d'accès et que les officiers se sont retirés pour la nuit, il s'est faufilé par le toit – de la même façon que nous avions essayé de sortir sans succès, mais cette fois, il était préparé.

Quand il est ressorti de l'école, il a envoyé un SMS à la plupart des élèves de terminale, et nous avons fait passer le mot via les frères, les sœurs, les amis, les voisins, les connaissances. Aucun de nous ne dormait – aucun de nous n'y arrivait. Aussi, au milieu de la nuit, nous sommes revenus à Opportunity. En voiture, à vélo, à pied. Nous avons cherché tous ceux qui n'avaient pas de moyen de transport.

Ça pourrait être n'importe quel premier jour de semestre, à la façon dont les voitures convergent sur la route en direction de l'école. À la façon dont les élèves affluent. La lune brille dans le ciel nocturne dégagé, illuminant le champ autour de nous.

De nous tous.

Élèves et professeurs. Opportunity.

Mais nous ne sommes pas au complet. Quand nous nous prenons les mains, nous avons tous conscience des trente-neuf morts. Des vingt-cinq à l'hôpital.

Tant de gens perdus. Tant de gens brisés.

Autumn se fait opérer de la jambe. Elle n'ira pas à son audition à Juilliard. Elle ne dansera peut-être plus jamais, ou elle travaillera dur, se remettra et retentera l'an prochain. Son père ne l'arrêtera pas cette fois. Il ne la touchera plus jamais.

Mon Autumn se battait pour danser, mais après cette journée, je ne sais plus.

La route l'a fait trébucher, comme elle l'a fait pour nous tous. Nous n'appartenons pas à la bonne terre riche pas plus qu'à l'horizon.

Nous sommes liés à Opportunity, et c'est peut-être ainsi que ça doit être. Nous semons ici nos graines qui prennent racine et fleurissent.

Fareed se tient à ma gauche et serre mes doigts tellement fort. Ses lèvres se meuvent en une prière silencieuse. J'ouvre la bouche et la referme. Je ne sais pas quoi dire. Je reste simplement à regarder alors que notre cercle s'agrandit et que plus de prières sont offertes dans la nuit. Quelqu'un a apporté des bougies, et nous en prenons tous une. Nous en prenons aussi pour ceux qui manquent.

Je me penche et, pendant un instant des plus courts, des plus déchirants, je m'attends à ce que les mains calleuses de Tomás entourent les miennes et que son pouce chatouille ma paume. Je m'attends à ce qu'il me rejoigne, écarte mes cheveux et chuchote : « Allons cacher les bougies. »

Je lui flanquerais un coup de coude et lui soufflerais de ne pas être aussi bête.

Ah, Dios, je donnerais tout pour pouvoir le traiter d'imbécile une fois de plus.

La main qui rencontre la mienne est mince et puissante. La fille à mes côtés regarde dans ma direction. Une fille qui m'a soutenue autrefois, au bal de promo, quand tout a commencé. À moins que ça n'ait commencé bien avant.

Claire sourit poliment. Ses yeux aussi sont hantés par la perte d'un frère.

C'est une nouvelle affinité entre nous.

Le silence retombe alors que les prières cessent, et tous les yeux se tournent vers Fareed.

Il prend la parole, son accent colorant ses mots :

— Nous ne sommes pas meilleurs parce que nous avons survécu. Nous ne sommes pas plus malins ou plus méritants. Nous ne sommes pas plus forts. Mais nous sommes ici. Nous sommes ici, et ce jour ne nous quittera jamais. Non pas qu'il le faille. Nous nous rappellerons les blessés. Nous nous rappellerons les disparus.

Il marche vers le centre du cercle où son butin nous attend. Plus de trois douzaines de lampions sont répartis sur l'herbe. Ce n'est pas l'heure du festival des lanternes. Pas de feu de camp, pas de guimauves, pas d'histoires à raconter.

Seulement l'histoire des trente-neuf disparus. À chaque nom lu par Fareed, un élève s'avance et prend un lampion. Quand le nom d'un professeur est appelé, d'autres professeurs suivent notre exemple. À la fin de notre liste – « Matt » –, ma voisine récupère une lanterne.

Quand le nom de Tomás est appelé, je fais de même.

Je retourne dans le cercle et offre à Fareed une lettre fripée roulée serrée à utiliser comme amorce, à brûler avec nos souvenirs de cette journée. Il sourit doucement en l'allumant.

— Nous nous souvenons des trente-neuf ce soir. Nous nous souviendrons d'eux demain. Nous nous souviendrons d'eux pour tous nos lendemains. Et il y aura bien des lendemains ; il y en aura des milliers. Faisons en sorte qu'ils soient bons. *Nous* sommes Opportunity et nous n'aurons pas peur. Nous sommes Opportunity et nous *vivrons*.

Le papier brûle lentement, mais ça suffit pour allumer les mèches. D'autres étincelles illuminent l'obscurité. Les anternes s'éclairent une à une. Lentement, les mots sur les lampions deviennent visibles. M. Jameson demandait toujours aux terminales d'écrire leurs espoirs et leurs rêves sur le papier fragile. Ce ne sont pas des souhaits mais des noms.

J'observe celui de Tomás alors que ma vision est embuée de larmes. Pendant quelques précieuses secondes, je suis seule avec ma lanterne et mon frère.

La lanterne s'élève doucement. Elle est suffisamment chaude, prête à être lâchée. Je m'y accroche un moment de plus. Autour de moi, d'autres lampions sont relâchés. Ils flottent au-dessus de nos têtes dans l'obscurité, vers la promesse d'un jour nouveau.

Je prends une profonde inspiration et caresse le papier de riz entre mon pouce et mon index.

Puis je lâche prise.

Le Livre de Poche s'engage pour l'environnement en réduisant l'empreinte carbone de ses livres. Celle de cet exemplaire est de : 300 g éq. CO₂ Rendez-vous sur www.livredepoche-durable.fr

PAPIER À BASE DE FIBRES CERTIFIÉES

« Pour l'éditeur, le principe est d'utiliser des papiers composés de fibres naturelles, renouvelables, recyclables et fabriquées à partir de bois issus de forêts qui adoptent un système d'aménagement durable. En outre, l'éditeur attend de ses fournisseurs de papier qu'ils s'inscrivent dans une démarche de certification environnementale reconnue. »

Édité par la Librairie Générale Française – LPJ
(58 rue Jean Bleuzen, 92170 Vanves)

Composition Nord Compo
Achevé d'imprimer en Espagne par Liberdúplex
Dépôt légal 1ʳᵉ publication : août 2019
73.7300.0 / 06 – ISBN : 978-2-01-786844-6
Loi n° 49-956 du 16 juillet 1949 sur les publications destinées à la jeunesse
Dépôt légal : mai 2022